Diário de Aventuras da Ellie

Amizade é o Bicho

Diário de Aventuras da ELLIE

Amizade é o Bicho

ESCRITO E ILUSTRADO POR
Ruth McNally Barshaw

Ciranda Cultural

Para Melanie e Erin e todos que
me ajudaram a aperfeiçoar este livro.

Dados Internacionais de Catalogação na Publicação (CIP)
(Câmara Brasileira do Livro, SP, Brasil)

Barshaw, Ruth McNally
Diário de aventuras da Ellie : amizade é o bicho / escrito e ilustrado por Ruth McNally Barshaw ; [tradução Ciranda Cultural]. -- Barueri : Ciranda Cultural, 2014.

Título original: The Ellie McDoodle diaries : best friends fur-ever

ISBN 978-85-380-5522-8

1. Contos - Literatura juvenil I. Título.

14-02182 CDD-028.5

Índices para catálogo sistemático:
1. Contos : Literatura juvenil 028.5

Publicado pela primeira vez nos Estados Unidos
em agosto de 2010 por Bloomsbury Children's Books.

Design de capa: Yelena Safronova

1ª Edição em 2014
9ª Impressão em 2021
www.cirandacultural.com.br

I ♥

Escutei umas risadinhas. Meus irmãos mais velhos estavam armando alguma coisa contra mim, bem em frente à minha porta. Eu não sabia o que eles estavam fazendo, mas eu sabia de duas coisas:

1) Eles iam achar a maior graça.

2) Eu não.

O Josh e a Lisa são melhores amigos, e eu sou a vítima preferida deles. Tudo bem, mais cedo ou mais tarde, eu ia dar o troco. Comecei a prestar atenção neles. Então, resolvi dar uma espiadinha e abri a porta pra dar um susto neles. Mas quem se assustou fui eu. A passagem estava coberta de tijolos!

Carácolis.

O que é isso? Uma dobra?

Fiz uma inspeção minuciosa e descobri que não eram tijolos de verdade, e sim aquele papel de parede que as pessoas usam pra decorar ou esconder coisas feias. Ou quartos inteiros, como o meu. Muito convincente. Até que eles se esforçaram.

Os Criminosos:

Desci as escadas em silêncio pra pegar os dois no flagra, mas eles já estavam fazendo outras coisas.

Ben-Ben-bol. Meu pai e o Josh inventaram esse jogo esquisito. É uma mistura de basquete, futebol e queimada.

O Ben-Ben é a bola. São feitos cinco passes e, então, ele corre até o sofá pra fazer um gol, seis pontos. Se o meu pai conseguir jogar o Ben-Ben no cesto de roupas, ele faz dois pontos. O Josh marca pontos extras se o Ben-Ben encostar no teto, mas perde pontos se a minha mãe descobrir e ficar brava.

Meu pai me ofereceu uma vaga no time:

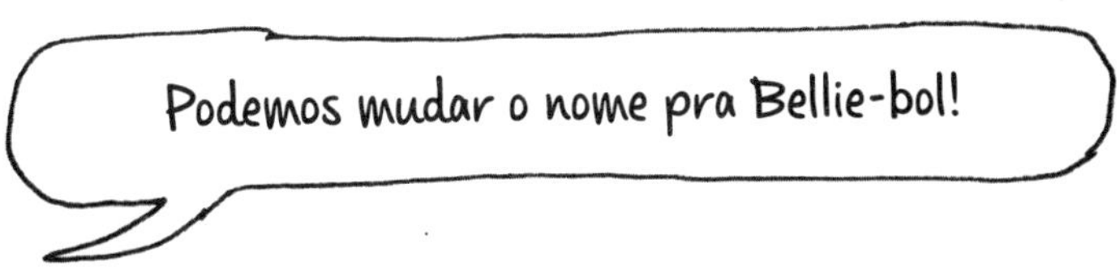

Hum, não. Obrigada.

As coisas em casa estão muito estranhas. Ultimamente, minha família está obcecada por animais de estimação.

A Lisa quer um gato porque eles são divertidos e fofos.

A minha mãe não quer porque acha que gatos são terríveis.

O Josh votou por um cachorro.

O meu pai também.

Minha mãe falou que ninguém estava fazendo votação.

Eu disse que estava feliz com a Ofélia. Não precisamos de mais nenhum bichinho. (E se a gente tivesse outros, será que a Ofélia estaria segura?)

A Lisa disse que a Ofélia poderia brincar com o gato.

Minha mãe falou que a gente não ia ter nenhum gato.

O Josh disse que queria uma catapulta de gatos.

O Ben-Ben trouxe o bichinho de estimação novo dele, uma pinha.

Minha mãe falou que esse era o bichinho perfeito pra gente. Então, ela pegou uma caixa e levou pra cozinha. Já fazia um tempo que a gente havia se mudado, mas ela ainda tinha coisas pra desempacotar.

O Izzy e o Doof, amigos do Josh, chegaram para o ensaio da banda. Eles disseram que a gente deveria ter um cachorro. Ou um furão.

Esse furão se chama Cão Felino. O Izzy pediu pra eu fazer carinho nele. Ele parecia tão fofinho. Até que...

Nada de furão.

Tarântulas Fofinhas ← a banda do Josh.

Ele disse que os meninos gostam de nomes fortes ou engraçados e as meninas preferem nomes bonitinhos, e esse nome agrada aos dois. Ele quer ficar famoso.

Eles são bons. Mas as letras são estranhas.

Felino, felino, felino, felino.
Felino, felino cão, cão felino.
Velho cão, meu cão, cão felino, por que cão?
Esta é só mais uma canção
pra dizer que eu estou certo e você não...

Eu só ouvi. Não tentei encontrar nenhuma explicação. De repente, o Josh parou de tocar e disse que tinha pensado em uma camiseta pra banda. Ele pediu pra eu desenhar. (Hum, pode ser.) Ele correu pro andar de cima pra pegar o desenho. Foi então que ouvimos um grito.

Eu ri tanto que minha barriga começou a doer. A Lisa riu tanto que teve que enxugar as lágrimas. Todos os outros olharam pasmos, e a gente explicou nosso ritual de família.

Quem é ela: a malvada Mamãe Noel, do estoque de Papais Noéis da minha mãe.

O que fazemos: escondemos a Mamãe Noel pra surpreender os outros.

Por que fazemos: porque ela é malvada, e é legal assustar os outros.

Melhor aparição até hoje: todas foram boas. Esta é a graça da Mamãe Noel. Quando você menos espera, ela aparece, pronta pro ataque.

O Josh ficou tão abalado que parecia que ele ia vomitar.

E bem na hora do jantar!

Minha mãe queria um jantar chique com música clássica, mas a gente não parava de pensar nos bichinhos de estimação.

Eu concordo. Ah, minha mãe é uma designer de interiores, nunca aprendeu a fazer rimas.

Na escola, a professora Whittam passou um trabalho importante: escolher um animal e estudá-lo por duas semanas. Fazer um seminário multimídia pra classe toda. Não podemos escolher animais domésticos (hamsters, cachorros, gatos ou ratos), nem repetir (se um aluno escolher um animal, ninguém mais pode escolher o mesmo). Alguns alunos adoraram o trabalho.

Eu odeio falar em público. Posso entregar um monte de desenhos sobre meu animal e esquecer a parte em que eu fico apavorada e me coçando toda na frente de todos?

Eu no terceiro ano:

A professora Johnson e a minha mãe pensaram que a minha coceira era por causa do suco de laranja que eu tinha tomado no café da manhã, então eu fiquei três anos sem tomar suco de laranja. Mas não era alergia a suco. Era alergia a apresentações em público, o que EU AINDA TENHO.

Já estou até vendo. Vou ficar na frente de todos os alunos com o pescoço todo vermelho, e eles vão achar que eu sou bizarra. Vou perder todos os amigos que fiz até agora.

Na verdade, só de pensar nisso, fico com coceira. Eu me cocei e piorou. Estou sentindo bolhas brotando no meu pescoço. Elas coçam demais. Será que alguém percebeu? Dá pra sentir! Elas são enormes! AIII! Não consigo parar de coçar! Quanto mais eu coço, mais quero coçar. Será que estou doente? Estou com dor de estômago.

Todos já sabem qual animal querem estudar.
E eu só consigo pensar nesse seminário.
A Mo é tão prática.

O Travis quer estudar um predador nojento, talvez uma lampreia. Você sabia que elas fazem furos em peixes inocentes e sugam todo o sangue deles? arrepio

A Glenda quer estudar o tatu--galinha. Ele tem seis subespécies. Os tatus grunhem, chiam, zumbem e ronronam. Ela viu um tatu bamboleando em um acampamento na Flórida. Ele era cinza e tinha mais ou menos 20 centímetros de comprimento. Os tatus costumam comer insetos, mas também comem ovos e carniça, ou seja, animais mortos em decomposição.

1. Não precisa apresentar seu seminário agora.
2. Você pode parar de falar essas coisas nojentas na hora do almoço?

A Mo quer que eu escolha papagaios, porque um vizinho meu tem um (estranho como todos sabem tudo da vida dos outros nesta cidade).

Não, obrigada. Eu não sei nada sobre papagaios. Além disso, eles só sabem fazer:

Todos começaram a me imitar. A gente entrou na aula do professor Brendall imitando papagaios pedindo biscoito. Rar!

Depois da aula, eu, a Mo e o Travis fomos de bicicleta pro *pet shop*.

Bicicleta estranha, nome estranho: reclinada.

A loja estava tão cheia de crianças da minha sala que parecia uma excursão. Todos tivemos a mesma ideia: pesquisar um animal pro dia seguinte.

Pena que a gente não pode estudar hamsters. Esse aqui é tão fofo. "Comer ou não comer, eis a questão." Ele poderia se chamar Hamlet.

Por que as pessoas têm medo de aranhas e cobras? Eu não tenho medo de cobras, mas aranhas me dão arrepios! Uma vez, uma aranha subiu na minha perna. Eu surtei. Não parava de pular e gritar. Não vou fazer um trabalho sobre aranhas.

O bicho-da-farinha: insignificante pra alguns, mas fundamental pra sobrevivência de outros. Até as pessoas comem. Eu não sei o gosto dele, mas talvez algum dia eu experimente. Talvez. Daqui a muito tempo. E também não vou fazer um trabalho sobre vermes.

A Turma das Aves

Todos querem falar sobre araras, calopsitas e cacatuas-brancas, talvez porque elas são todas exóticas e coloridas.

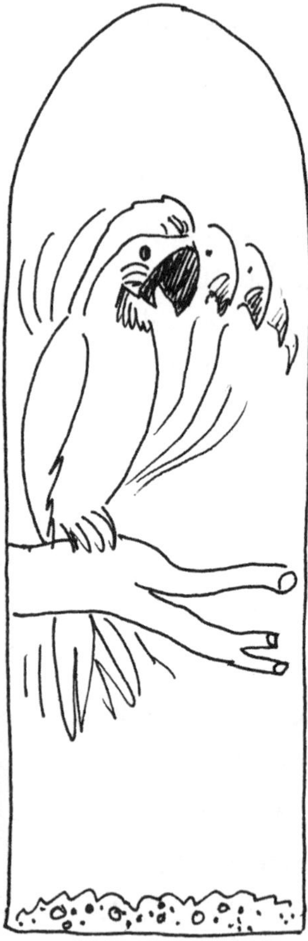

Arara balançando pra frente e pra trás em um galho. Ela me fez lembrar do Ben-Ben, sempre em movimento.

Gosma e comida desperdiçada. Lindo e colorido.

Este pequeno papagaio-do-senegal chamou o próprio nome quando eu saí de perto.

Ninguém ligou pra esses papagaios-cinzentos. Deve ser porque não são coloridos ou barulhentos. E por que tenho a impressão de que eles são tão espertos? E por que golfinhos parecem gênios e peixes-dourados não?

Fiz o caminho mais longo pra casa. Parei no bosque pra ver animais que não estavam à venda.

Esse búteo-de-cauda-vermelha está comendo um... o que é isso? Ah, sei lá. Nem quero saber.

Eu empurrei uma pedra e achei essa salamandra. Silenciosa e escorregadia, ela fugiu da minha mão.

Xiiiu! Um veado! Ele estava passeando em uma clareira. Em questão de segundos, ele se enfiou entre duas árvores e sumiu. Foi uma coisa linda. Ele dançou pra mim.

Eu poderia falar sobre uma dessas criaturas do bosque. Ou sobre algum bicho que vi no *pet shop*. Mas quero algo muito especial. Algo que, quando os outros alunos virem, vai fazer todos esquecerem de mim e da minha coceira.

Em casa, o Josh estava construindo uma cúpula geodésica com canudos.

(A Lisa quer ter um gato, por isso deixa lembretes em todo lugar.)

O Josh quer uma alpaca. Por que uma alpaca? Os motivos dele:

1. Elas cospem.
2. Elas podem ser adestradas.
3. Quando você enjoar de cuidar e de usar a lã delas, você pode comê-las.

ECA!

Como Construir uma Cúpula Geodésica

Equipamento:

- 25 vigas (tubos, canudos, salgadinhos de palito, lápis, palitos de dente... são muitas opções. Escolha uma.)
- Algo pra conectar as vigas (fita, cola, jujubas, etc.)

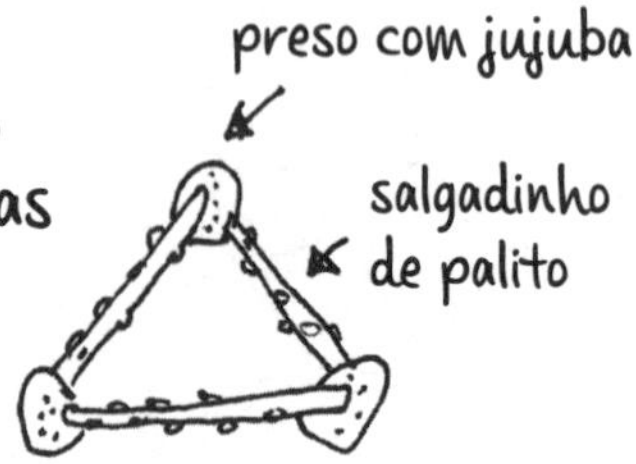

1. Junte cinco vigas com cinco conectores, formando um pentágono.

Verifique se todas as pontas estão bem presas.

2. Coloque duas vigas conectadas em cada viga de baixo, formando cinco triângulos.

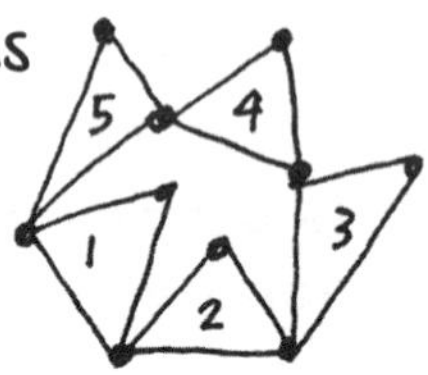

3. Prenda a ponta de cima de cada triângulo com uma viga, fazendo outro pentágono.

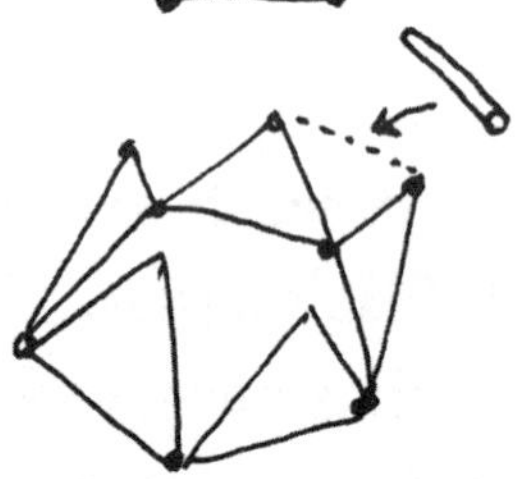

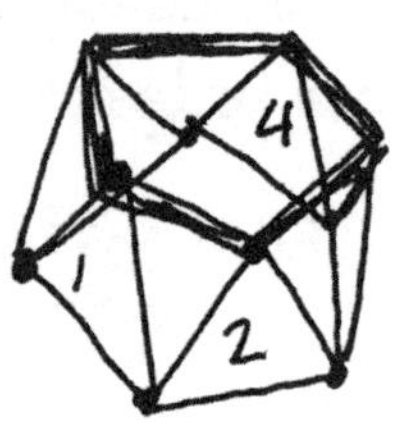

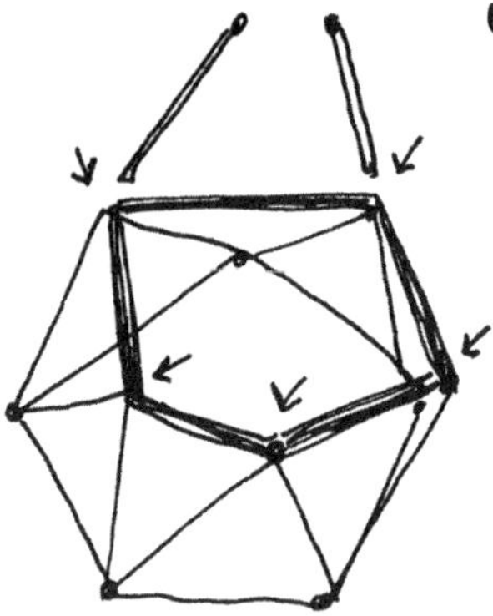

4. Prenda uma viga na parte de cima de cada ponta.

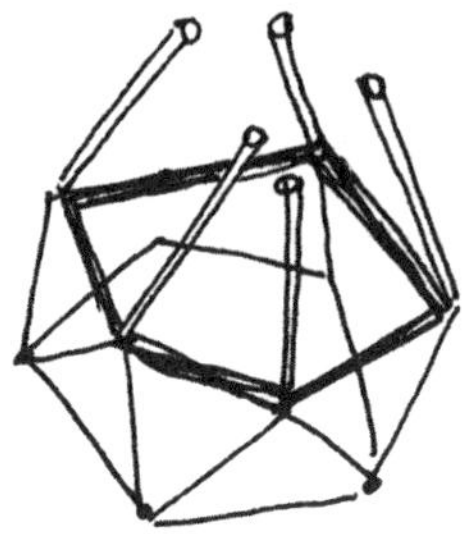

5. Prenda todas as pontas no topo, formando uma estrela.

É mais difícil desenhar do que fazer, principalmente se você tiver alguém pra ajudar a segurar as vigas.

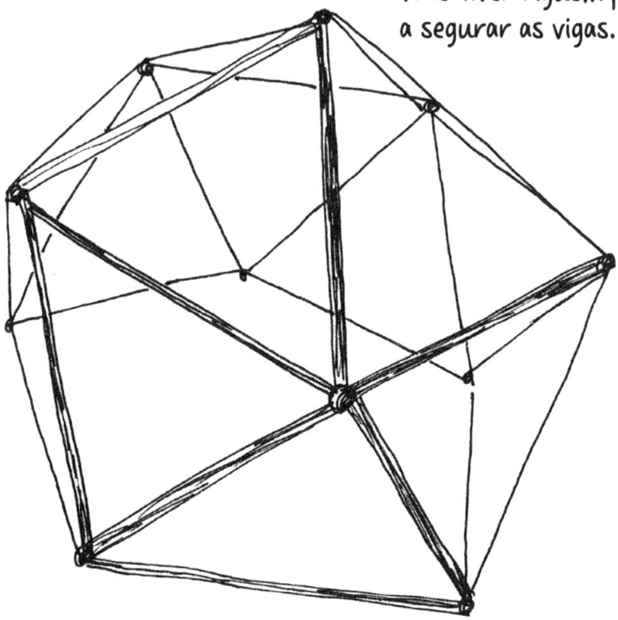

Jantar: conversamos em rimas. O tempo todo.

O que rola na escola?

Não pode pisar na bola.

Preciso apresentar um seminário, mas não tenho o necessário.

Um seminário para apresentar? Diga-nos sobre o que você precisa falar.

É claro que essa conversa foi muito lenta. Que palavra rima com animal?

Um bicho que rasteja, ruge ou cacareja.
Um bicho que desliza com sua pele lisa.
E nem adianta falar nome de planta.

Que tal um gato? Seria um bom relato.

Nada de cães ou gatos, ratazanas ou ratos.

E um mosquito? Bem esquisito!

Um cavalo seria demais. Por que você não faz?

Sabe o que seria bonitinho? Falar sobre um porquinho.

Você devia escolher um canguru. Ou quem sabe um tatu.

A coisa piorou. E aí, meu pai falou.

Por favor, passe o feijão. Escolha uma ave, que tal o falcão?

Quem aconselha uma abelha?

Estude um passarinho com bico pontudinho!

Ou um rinoceronte com o chifre pontudo.
Lisa, por favor, eu gostaria de um canudo.

Escolha um bicho estranho, como você.
Não, isso seria muito clichê.

É, escolha um bacalhau! Bem anormal.

Ei, isso não foi nem um pouco legal!

Nossa, quanta agressão verbal!

Enfim, muitas rimas com animais.
De qual deles gostei mais?

Triiim!

Uma interrupção, graças a Deus. Uma ligação pra mim! Era a senhora Morrow, que mora na nossa rua. Ela pediu pra eu cuidar do Alix, o papagaio-cinzento dela. Ela colocou o Alix na linha pra falar comigo.

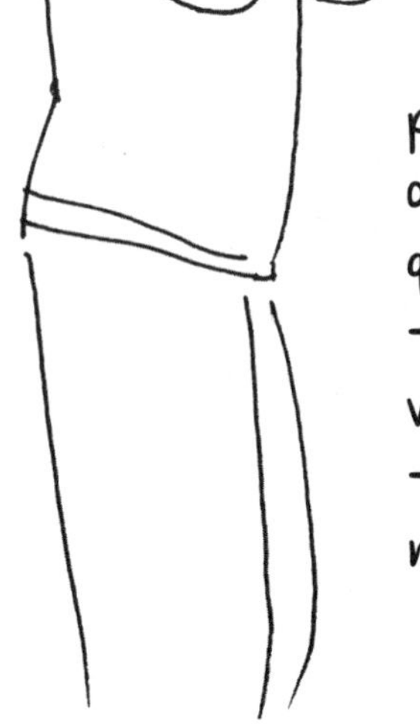

Nossa, que fofinho! Mal posso esperar pra conhecer o Alix amanhã. Agora, o Josh quer um papagaio de estimação.

– Faça o Alix gostar mais de você do que da senhora Morrow! – disse o Josh (sem fazer nenhuma rima).

Fui pra cama, pensando em um jeito de cuidar do papagaio e trabalhar no meu seminário ao mesmo tempo. Eu poderia tentar ensinar algumas palavras pro Alix. Foi aí que eu vi dois olhos brilhantes...

Eu caí da cama gritando. Quando me acalmei, fui ver o que tinha acontecido. O Josh e a Lisa colocaram luzes de LED nos olhos da Mamãe Noel. Ela ficou assustadora (principalmente no escuro).

É claro que eu ouvi umas risadinhas no corredor.

No dia seguinte, na patrulha de segurança na creche, a Glenda não parava de falar sobre tatus.

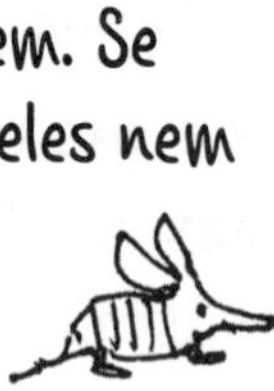

Os tatus passam a maior parte da vida dormindo.

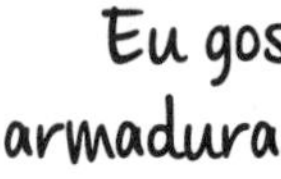

Eles adoram nadar, e são bons nisso.

Eles não enxergam muito bem. Se você ficar parado perto deles, eles nem vão saber que você está lá.

Eu gosto muito desses ratinhos com armaduras, mas eu não aguentava mais ouvir a Glenda falar deles!

Então, eu inventei um fato sobre papagaios.

Eu disse: — Papagaios-cinzentos voam de costas na selva pra confundir os predadores.

A Glenda olhou pra mim como se eu estivesse voando de costas, depois disse que eu deveria conhecer o Falcão, tio dela. Ele é o especialista em pássaros da universidade e do zoológico. Eu disse que aceitava se ele fizesse o seminário no meu lugar.

Na aula da professora Whittam, os alunos levantavam a mão e contavam um fato sobre o animal que queriam estudar. Parecia que alguém estava segurando uma sardinha na frente de um monte de gaivotas famintas. Loucura total.

Os animais mais conhecidos eram escolhidos primeiro. Às vezes, alguém escolhia um animal que outra pessoa queria.

Fato: os cangurus conseguem pular quase 8 metros. Canguru escolhido.

Fato: as águias-calvas têm uma envergadura de 2 metros. Águia-calva escolhida.

Fato: os ursos-polares têm a pele preta por baixo dos pelos brancos.
Urso-polar escolhido.

Fato: os ornitorrincos são mamíferos que botam ovos.
Ornitorrinco escolhido.

Eu consegui escolher o papagaio-cinzento.
Que alívio!

Mas a Clara escolheu a lhama antes da Mo. Então, eu logo escrevi um fato sobre as alpacas pra ela.

A Mo conseguiu a alpaca.

Agora, ela ficou mais animada com o trabalho. Eu ainda estou com medo de todos verem a minha coceira na hora do seminário.

Hora do almoço.

Todos aplaudiram. O Ryan se curvou. É isso que eu preciso fazer no meu seminário: assustar, surpreender, animar e fechar com chave de ouro. Assim, o público vai aplaudir. Se bobear, eu até consigo ensinar o Alix a dar piruetas.

Depois da aula, eu finalmente conheci o Alix!

A senhora Morrow me deu uma lista de cuidados com o pássaro dela:

- ☐ Dar comida todas as manhãs (petiscos e vegetais).
- ☐ Dar água fresca.

- ☐ Forrar a gaiola com jornal velho.
- ☐ À tarde, tirar o Alix da gaiola por três horas pra brincar no poleiro.
- ☐ Dar petiscos quando ele fizer alguma coisa boa.
- ☐ Ir até a gaiola dele três vezes por dia.
- ☐ Trocar os brinquedos a cada dois dias, pra ele não ficar entediado.
- ☐ Deixá-lo sempre dentro de casa.
- ☐ Ligar se tiver alguma dúvida ou se algo der errado.

Eu também fiz uma lista:

- ☐ Fazer o Alix me amar.
- ☐ Ensiná-lo a dar piruetas.
- ☐ Ensiná-lo a contar algumas piadas.

Bem que eu gostaria de colocar uma coleira no Alix e sair com ele como se fosse uma pipa. Ia ser demais. Eu ia colocar a coleira no meu cinto e levá-lo pra todo lugar.

voltando da galeria de arte pra casa

A gente ia ganhar um campeonato de pipas.

Eu e o Alix vamos ser grandes amigos.

Eu perguntei se o Alix sabia fazer algum truque. Ele sabe! A senhora Morrow assobiou uma das músicas clássicas da minha mãe e ele balançou no ritmo da música. Ele pega os petiscos no alto. Ele sabe dançar *Vem que eu vou te ensinar.*

E ele sabe fazer sons! Ele imita a campainha,

o telefone

e até a senhora Morrow!

Os truques do Alix são bonitinhos, mas eu preciso descobrir o que vou usar no meu trabalho. Perguntei pra senhora Morrow se é difícil ensinar frases novas pro Alix. Ela disse que às vezes sim, mas que ele aprende algumas coisas na primeira vez que ouve. A gente conversou sobre o meu seminário e eu perguntei se eu podia levar o Alix pra mostrar aos outros alunos. Ela DEIXOU!

Em casa, a Lisa disse que agora ela queria um gatinho.

O Josh queria um cachorrinho manso, ou quem sabe até um ganso!

— Pare com isso! Coma esse queijo e me dê um descanso — disse a Lisa.

O Josh falou que a gente não pode ter um gato, porque ele tem alergia. Ele espirrou em cima da Lisa. Ela disse que aquilo era mentira e que a gente deveria ignorar o Josh.

Eu fiquei pasma, olhando os dois irem de um lado para o outro. Até pensei em palavras que rimam: logo, afogo, dialogo, refogo... Mas não consegui usar nenhuma delas. Óbvio. Sempre que eu achava que estava chegando ao nível do Josh e da Lisa, eles inventavam outra coisa.

O meu pai disse que estava preocupado porque seus joelhos estavam estalando muito.

A minha mãe falou que estava cansada da gritaria da música de adolescente, tirou da rádio e colocou a música do Paco Bell.

Eu falei pra eles como o Alix é extrovertido. O Ben-Ben pediu pra ir visitá-lo comigo amanhã. Eu disse que sim. Vou dividir o Alix.

Eu estava lavando a louça e vi passarinhos no quintal. Dois cardeais namorando. O macho era vermelho-claro, bem chamativo. A fêmea era marrom. A única parte bonita do corpo dela era o bico laranja. Que engraçado. Os passarinhos machos são tão lindos pra impressionar as fêmeas, mas as fêmeas não se preocupam com sua própria aparência. Com as pessoas, é o contrário. As meninas tentam impressionar os meninos, e eles não ligam pra aparência deles mesmos.

Fiquei observando a fêmea pela janela. Ela piou e voou até o fio do telefone. Ela podia não ser muito chamativa, mas tinha algo pra dizer. E isso me deu uma ideia brilhante: talvez eu consiga treinar o Alix pra apresentar o meu trabalho! Tudo que ele não aprender, eu escrevo em cartazes. Eu não vou ter que falar nada! Sem coceira!

Coisas que Eu Quero que o Alix Diga:

1. Louro quer biscoito, mas Alix quer falar sobre papagaios-cinzentos. Eles também são chamados de Timnehs ou do Congo.

2. Eu sou um Timneh. Os Timnehs selvagens vivem nas florestas tropicais e savanas da África centro-ocidental.

3. Os Timnehs são animais de estimação há mais de 4 mil anos. Eles são encontrados em hieróglifos do Egito Antigo. O rei Henrique VIII, da Inglaterra, tinha um.

4. Infelizmente, a população de Timnehs está diminuindo. Muitos Timnehs selvagens são capturados e vendidos como animais de estimação.

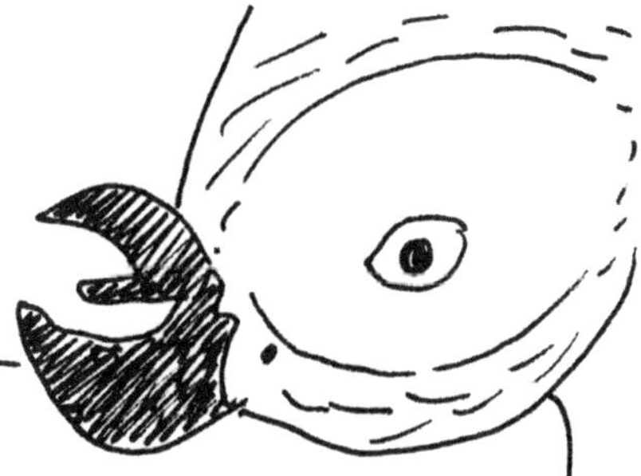

5. Os Timnehs falam, mas também pensam no que estão falando.

6. Os Timnehs se apegam a uma pessoa. Eu gosto muito da Ellie.

Ficou bem direto. Acho que eu poderia incrementar um pouco. A Lisa sempre diz que o Peter é a fofura em pessoa. Eu não sei o que isso quer dizer, mas com certeza soa melhor do que só dizer que o Peter é legal.

7. A Ellie é a inteligência em pessoa.

Eu fui visitar o Alix de manhã. A senhora Morrow só ia viajar no dia seguinte, mas ela queria que eu ficasse um tempo sozinha com o Alix pra ela poder sair. Eu fui direto ao ponto: li todos os tópicos do meu seminário em voz alta, tentando ser bem clara. Depois, pedi pra ele repetir, mas ele não disse nada.

Eu não tenho muito tempo. Preciso colocar água e comida pra ele e ir pra escola. Repeti a primeira frase do seminário: – Louro quer biscoito, mas Alix quer falar sobre papagaios-cinzentos.

Ele não quis repetir. Talvez a frase seja comprida demais. — Louro quer biscoito, mas Alix quer falar — eu disse. Sem sucesso.

— A Ellie é a inteligência em pessoa — eu falei.

Então o Alix disse: — Tchau.

Ei! Ele não pode estar falando sério. Talvez ele saiba que vou me atrasar pra aula se eu não for embora agora. Pássaro esperto. Mais tarde eu cuido dele.

Na aula da professora Whittam, mais alunos escolhiam animais.

Travis: Mike, o frango sem cabeça, viveu 18 meses sem a cabeça. Frango escolhido. Todos caíram na risada.

Ryan: a mariposa que parece um pássaro caído usa camuflagem pra se esconder ao ar livre. Todos riram de novo.

A professora ficou imóvel. Ela franziu a testa, levantou uma sobrancelha e olhou feio pro Ryan.

Eu percebi que ele estava se esforçando pra não rir. Todos ficaram em silêncio.

A professora Whittam desafiou o Ryan a provar que essa mariposa existia mesmo, e ele só tinha cinco minutos. Então, ele foi até o computador da sala e digitou algumas palavras. Todos ficaram olhando. Quem venceria essa disputa?

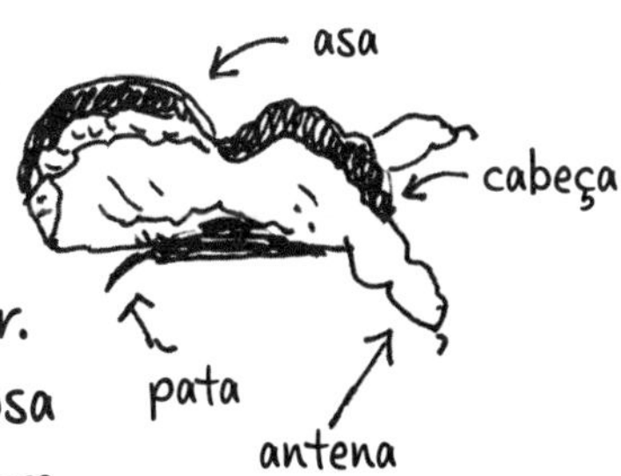

Finalmente, a professora chamou todos os alunos pra ver a página da internet que estava na tela do computador. Era uma foto de uma mariposa que parecia mesmo um pássaro caído. Todos acharam interessante e elogiaram o Ryan. Até a professora deu um sorrisinho.

E as escolhas continuam.

O Diego escolheu a viúva-negra. Fato: a teia da aranha é forte e elástica. Ele levou uma amostra.

Nossa!

A Miranda escolheu o chihuahua. Fato: o tamanho do cérebro em relação ao corpo deles é maior que o de qualquer cachorro. Mas a professora Whittam não deixou a gente falar sobre cachorros. — Nada de rato nem de cachorro com cara de rato — acrescentou o Gabe. Todos riram, menos a Miranda.

Auu!

O Mason escolheu o mocassim-d'água. Fato: é uma cobra, não um sapato.

Sss!

O Isaac escolheu uma espécie nova de pássaro, o *Stachyris nonggangensis*. A professora questionou a escolha: — Você tem informações suficientes pra fazer um bom seminário?

Grrru?

Então, o Isaac começou a falar várias curiosidades: foi encontrado na China, perto do Vietnã; ele corre mais do que voa... A professora Whittam interrompeu. Pássaro escolhido!

A Alissa escolheu a borboleta-monarca. Fato: as borboletas-monarcas de Michigan migram pra Michoacán, no México. A professora deu um ponto extra pra ela por causa da aliteração com as letras M.

O Gabe escolheu o dragão-de-komodo. Fato: eles mordem as presas e as infectam com bactérias, e voltam quando elas estão mortas. Todos os meninos vibraram.

Eu percebi que os meninos sempre escolhem animais engraçados ou assustadores. Por que será?

Uma borboleta macho é menos masculina que um dragão-de-komodo macho? As borboletas trabalham pesado pra sair do casulo e aprender a voar. Eu já vi! Não é uma tarefa fácil. Então por que elas não são respeitadas como os animais durões dos meninos?

Isso me fez pensar.

 orboleta

Com o B, eu faço as asas.

Girafa – f +  = Gira  a

Cisne → Ci  ne

Camelo → Ca  elo

Coelho → Coe  ho

Pinguim →  inguim

Papagaio →  apagaio

Meu nome! Ellie Rabisc  .

Acabei de inventar as Palavras da Ellie Rabisco.

Primeiro passo: escreva uma palavra em uma folha.

Exemplo: **Tronco**

Segundo passo: escolha uma letra e troque por uma imagem que explique a palavra.

Flores...

Eu mostrei os desenhos pro professor Brendall (de Ciências, Matemática e Geografia). Ele disse que eu poderia usar isso no meu seminário. Boa ideia!

Depois da aula, fui pra casa da senhora Morrow com o Ben-Ben. O Alix prestou muita atenção no Ben-Ben. Ele virou o corpo inteiro pra ver meu irmãozinho correndo pela sala. A senhora Morrow disse que nunca tinha visto nada parecido.

Ela ficou tão animada que deu alguns petiscos pro Ben-Ben jogar pro Alix.

Então ela pegou mais petiscos, e o Ben-Ben comeu tudo! Como se ele precisasse de mais energia.

Eles estavam se dando muito bem. Na verdade, era meio chato ficar assistindo, mas eu tinha que ficar mais duas horas ali pro Alix ficar no poleiro. Como eu queria ter trazido a lição de casa.

O Ben-Ben pulou. O Alix saltou.

O Ben-Ben rodopiou. O Alix imitou.

O Ben-Ben riu. O Alix gargalhou. (Eu revirei os olhos.)

O Alix fez barulho de campainha. O Ben-Ben riu e disse: – Ding-dong!

O Alix ajeitou as penas e bateu as asas. O Ben-Ben chacoalhou os braços e o quadril, como se estivesse dançando.

O Alix fez um barulho de beijo, e o Ben-Ben mandou um beijo pra ele.

A senhora Morrow ficou extasiada. Ela ♡ isso.

Eu ♡ isso. Da próxima vez, não vou trazer o Ben-Ben.

Eu estou presa. Não quero ficar aqui. Eu poderia fazer alguma coisa útil. Fiquei pensando no seminário.

Outras coisas que eu poderia fazer:

- diorama
- modelo de pássaro de papel machê
- bichinhos de origami

☆ um jogo! Achi (jogo da velha "ninja")

ACHI

Esse jogo surgiu em Gana. As crianças desenhavam o tabuleiro na areia e usavam pedras como peças.

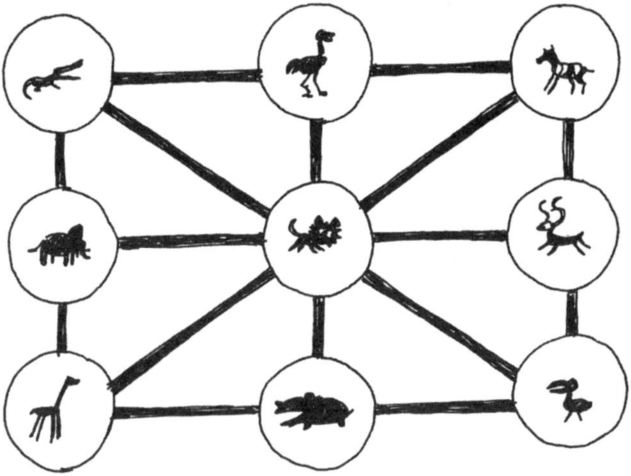

PARA JOGAR: dois jogadores. Cada um possui quatro peças (moedas, tampinhas de garrafa, pedras, etc.)

OBJETIVO: deixar três peças enfileiradas na vertical, horizontal ou diagonal.

POSIÇÃO: um jogador coloca uma peça em um círculo vazio no tabuleiro, o outro jogador coloca outra peça, e assim por diante. Cuidado! Não deixe o seu adversário colocar três peças enfileiradas.

MOVIMENTO: quando todas as peças estiverem no tabuleiro, os jogadores começam a movê-las para o círculo vazio, até que alguém consiga deixar três peças enfileiradas. O primeiro a conseguir é o vencedor.

Em casa, a Lisa disse que antes queria um gatinho, mas agora ela quer qualquer um destes: gato, gatinho, gatuno, felino ou gatucho. Fato: gatos domésticos matam milhões de aves canoras por ano. Meu pai quer um cachorro.

Fato: algumas raças de cachorros foram feitas pra livrar o mundo dos ratos. Eu não quero ter vários elos da cadeia alimentar morando aqui e achando que a Ofélia é comida. O dia estava estranho, o Josh era a voz da razão. Ele disse: nada de gatos, nem de cachorros. Eu ♡ a ideia.

Josh, você está se sentindo bem? ("Voz da razão"?)

Fato: as vacas na universidade têm cartões com números na orelha. Acho que os pesquisadores têm medo de perdê-las. O Josh as chama de vacas de corrida. Uma tartaruga de corrida faz muito mais sentido pra mim.

Minha mãe queria instalar o CD player embaixo do balcão. A Lisa se ofereceu. Estranho, ela quase nunca faz uma coisa legal sem esperar algo em troca.

Eu perguntei pro pessoal: como fazer alguém gostar mais da gente?

Josh: Você sequestra a pessoa, coloca em uma torre e nunca mais a deixa ver outro humano.

Nossa, que bizarro.

Lisa: Deixe a pessoa fazer um favor pra você.

Eu: Hum, a Lisa já me pediu um zilhão de favores e eu não gosto mais dela por causa disso.

E aí a coisa ficou feia.

A Lisa perguntou se era por causa de um menino. Eu falei que NÃO, mas ela começou a olhar pra mim e piscar de um jeito esquisito. Ela disse: – Comece a usar batom e roupas bonitas.

Eca. Se um menino gostasse mais de mim por isso, ele não seria o tipo certo de menino pra mim. MAS O QUE EU ESTOU DIZENDO?! Eu falei pra ela que NÃO e repito, NÃO é por causa de um menino!

O Josh falou pra eu usar a estratégia: – Descubra algo de que ele gosta muito e faça isso.

E a Lisa disse: – E passe perfume!

Meu pai falou: – Tenha espírito de equipe e faça biscoitos pra ele. Foi assim que conquistei sua mãe.

(E, então, eles se beijaram. Eca.)

A Lisa continuou: — Perfume de baunilha!

E o Josh: — Faça um monte de biscoitos, derrame alguns ingredientes em você e esqueça o perfume.

A Lisa brincou: — Mas que ideia esfarelada. Entendeu? Ha ha ha.

Minha mãe disse pra eu ser eu mesma e, se um menino não gostar de mim do jeito que eu sou, não vale a pena gostar dele. Mães foram feitas pra dizer coisas desse tipo.

Eles estavam se divertindo tanto com isso que eu não tive coragem de contar pra eles que NÃO ERA POR CAUSA DE UM MENINO. Era um pássaro. Carácolis.

Como eu faço o Alix gostar de mim? Esfrego perfume de alpiste no braço? Ajo como o Ben-Ben? Será que os papagaios-cinzentos gostam de macaquinhos porque os dois vivem no Congo?

É amor de bichinho?

Amor de macaquinho?

Depois que o Ben-Ben foi dormir, eu fui visitar o Alix de novo. Levei biscoitinhos e tentei fazer com que ele falasse as minhas frases. Não tive sorte. Acho que vai ser mais fácil quando a senhora Morrow for embora e eu puder me concentrar de verdade.

Amanhã vai ser o meu primeiro dia sozinha com o Alix. Quando eu estava saindo, a senhora Morrow fez eu prometer que levaria o Ben-Ben pra casa dela algumas vezes pra ver o Alix, já que eles se deram tão bem. Iupi.

Antes de ir dormir, eu ensinei a Ofélia a andar em círculos em troca de um petisco. Tá bom, ela parecia mais um cachorro correndo atrás da cauda, mas isso prova que eu sou boa pra adestrar animais. Então por que é tão difícil ensinar o Alix?

A Ofélia poderia apresentar o seminário no lugar do Alix. Problema: ela não fala. Eu consigo ensinar a língua de sinais pra ela a tempo? Não.

Já sei! Talvez o Alix aprenda melhor se eu levar a Ofélia e mostrar como se faz. Vou treinar com ela na frente dele e ele vai querer aprender!

Na escola, o professor Brendall pediu pra gente pegar pelotas de coruja. Ele disse que é um exemplo do tipo de criatividade que ele espera das nossas apresentações.

Ela tem cheiro de sujeira. É preta e marrom com pedacinhos brancos. Também tem uns fiapos escuros. É macia e levinha. Parece um ovo sujo. O Travis inventou um tipo de balança. Uma pelota de coruja pesa quase a mesma coisa que um tubo de cola. Legal.

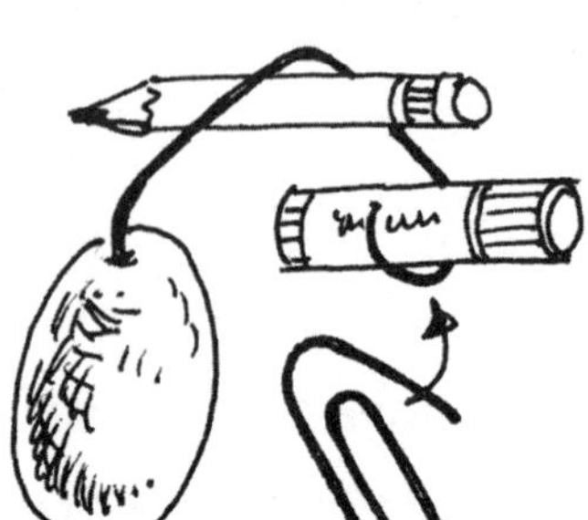

A gente escavou as pelotas. É como se fosse arqueologia: procuramos ossos. Os fiapos são a pele não digerida.

Eca.

Os ossos são de pássaros e roedores. A coruja come o animal, e as partes que ela não consegue digerir ficam compactadas e formam uma pelota. Depois, ela cospe a pelota. É muito nojento e fascinante ao mesmo tempo. O professor deu quadros pra gente colar nossos tesouros:

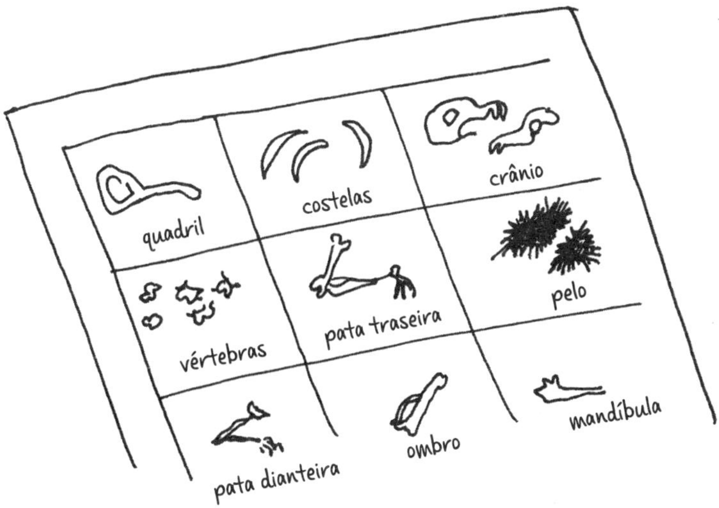

A minha pelota de coruja tinha três crânios inteiros de ratos. É horrível pensar que alguns pássaros comem roedores. O Alix é um pássaro grande. A Ofélia é um roedor bem pequeno. Talvez seja uma má ideia eles se conhecerem.

O Ryan fez o crânio dele "comer" as coisas ao redor. Que nojo.

Depois da aula, eu me arrumei pra ver o Alix. Meu pai perguntou como estavam indo as coisas. Eu disse que estava tentando fazer o impossível. E aí, ele mencionou o passe "Ave-Maria", do futebol americano.

Ele perguntou se eu queria mesmo o impossível.

Como, de novo?

E, então, ele começou a contar uma metáfora esportiva: — O jogo está acabando. Seu time está com cinco pontos a menos. É o terceiro *down* e faltam 12 jardas para chegar até a linha de gol. Você tenta fazer o primeiro *down* ou um *touchdown*? Você pode apostar na jogada simples, mas não vai ganhar tantos pontos. Se você se esforçar pra alcançar um objetivo mais difícil, tem mais chances de conseguir o que quer.

Tá legal, acho que entendi: faça uma grande jogada e busque o impossível. Obrigada, pai.

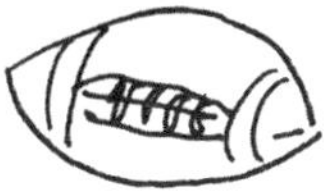

Mas espere. Ainda tem mais.

— Por outro lado — disse o papai —, às vezes é melhor ter objetivos mais fáceis. Se você tiver tempo, corra algumas jardas pra alcançar o próximo *down* e facilitar na próxima tentativa de um *touchdown*. Progredir em direção ao gol é seguro e essencial.

Hmmm, certo...

Depois, ele veio com uma conversa de lebre e tartaruga: devagar se vai ao longe.

— Pai, você está me confundindo. Uma coisa de cada vez.

O Josh entrou comendo um pepino embrulhado em uma casca de banana. Inexplicável.

Ele disse: — Como se come um elefante? Uma mordidinha por vez.

Parecia que meu cérebro ia explodir com todas aquelas metáforas de esportes e animais.

Tentei me controlar:

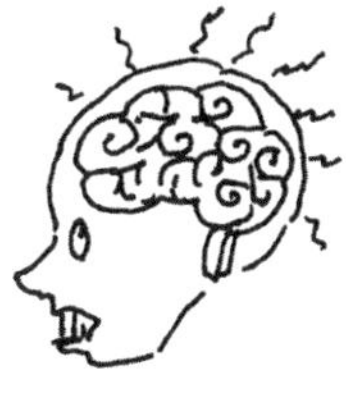

— Esse desafio é meu e vou lidar com ele do meu jeito.

Carácolis. Eu estou tentando, entrei nessa pra ganhar. Eu sou a tartaruga e sou a lebre TAMBÉM. Sou o touro, o boi e o tigre. Tá bom, talvez não. Mas eu não atraio moscas, eu desenho moscas.

— Alix, diga: "A Ellie é a inteligência em pessoa".

Ele não disse isso.
Acho que eu não ouvi direito.

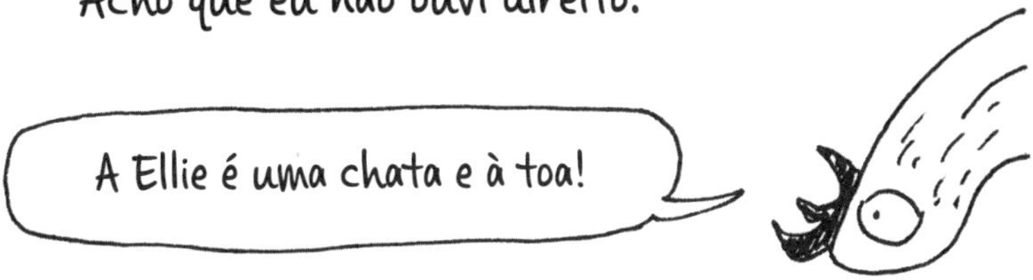

Acho que ele estava brincando. Ele estava de bom humor hoje. Acho que vou comprar brinquedos e alpiste pra ele. Assim, ele vai repetir as palavras certas pra mim.

Esnobada por um pássaro.

Talvez papagaios não sejam tão espertos quanto eu pensava.

Ele está vendo todos os meus movimentos.

Por que tudo é tão caro?

Ops, acho que pensei alto.

Eu só queria comprar um alpiste idiota pra fazer aquele pássaro idiota decorar o meu seminário idiota. Fui pro outro corredor, o menino me seguiu. Ele estava com um crachá. Ele trabalha no *pet shop*! Será que ele ganha pra incomodar os outros?

O menino espião se ofereceu pra me ajudar. O nome dele era Marc. Eu disse que precisava de petiscos pra papagaio, mas acho que falei de um jeito meio rabugento. Eu não podia evitar. Eu estava de mau humor! Ele franziu a testa e perguntou o que eu queria ensinar pro pássaro. Eu disse que estava tentando ensinar o papagaio a me obedecer pra poder dominar o mundo. Era sarcasmo, mas o Marc não entendeu. Ele começou a me falar que os pássaros são inteligentes e não se enganam com as pessoas, e que, se o Alix não gosta de mim, ele deve ter um bom motivo. Não sou obrigada a ouvir essas grosserias! Peguei um saco de alpiste e fui correndo pra fila do caixa.

O Alix gostou do petisco. Mas eu só consegui ensinar "Louro quer biscoito" pra ele. E, claro, "A Ellie é uma chata e à toa". Eu estava quase desistindo quando a Lisa chegou com o Ben-Ben.

O Alix olhou pro Ben-Ben, o Ben-Ben olhou pro Alix. Eu olhei para os dois. Ninguém olhou pra Lisa. Ela pegou meus cartões de palavras pro Alix, depois disse a pior coisa possível, que vai ficar pra sempre nos meus ouvidos...

É claro que o Alix repetiu na hora. É claro que a Lisa e o Ben-Ben morreram de rir. É claro que ele falou de novo. E de novo. E DE NOVO. Como é que se "desensina" um pássaro? É possível? Como ter certeza de que ele não vai dizer isso na frente de todos da minha classe?

Mais coceira...

Comecei a arrumar minhas coisas sem dizer uma palavra. Era melhor eu ir pra casa. Eu não tinha mais nada pra fazer ali. Tudo que eu dissesse poderia ser usado contra mim por aquele pássaro sem graça, pela minha querida irmã e pelo menino macaquinho.

O Josh perguntou pro Meiocão, o fantoche dele, como ele sabia que eu era lelé da cuca.

A Lisa disse que até o Alix disse que eu era louca.

Legal. Fui zoada por um pássaro E por um fantoche de meia. Ainda bem que o Ben-Ben nunca fala nada. Eu não suportaria tanto. Levei minha mochila pro quarto pra poder trabalhar no meu seminário em paz.

Eu vou conseguir. Passei uma hora gravando o seminário. Vou tocar o áudio um zilhão de vezes pra ver se o Alix decora tudo. Ele não cooperou muito até agora, então eu vou caprichar no resto do seminário, só pra garantir.

Café da manhã: o Josh quer ter um rinoceronte albino. Um rino albino. Eu não acho que ele diz essas coisas só pra gente rir. Deve ser uma estratégia: se ele pedir bichos estranhos pra minha mãe, é mais fácil ele conseguir o que quer – um cachorro.

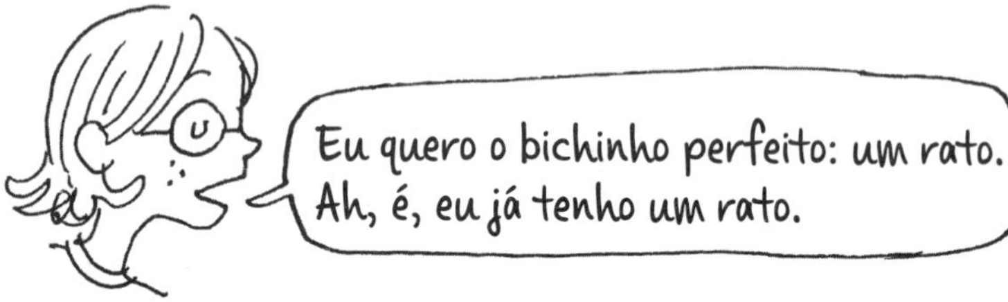

O Ben-Ben deu uma pinha de estimação pra cada um. A minha mãe pegou algumas coisas pra gente enfeitar nossas pinhas. A do Josh sabe até fazer truques.

Estranho. A pinha da Lisa parece um brinquedinho de gato.

Isso me lembrou de um projeto que fiz quando era escoteira.

Cobrir a pinha com manteiga de amendoim.

Rolar a pinha no alpiste.

Amarrar com uma fita.

Pendurar na árvore.

Os pássaros adoram!

Mas o Ben-Ben não!

O Ben-Ben achou que eu ia transformar minha pinha de estimação em um comedouro pra pássaros. Eu prometi que não ia. "Juro pela minha mãe mortinha, não vou maltratar a minha linda pinha." O Ben-Ben não me achou engraçada, mas o Josh deu risada. "Eu juro, Ben-Ben, eu NÃO vou transformar minha querida pinha de estimação em um comedouro pra pássaros." Coloquei a pinha no prato com alguns petiscos em volta. O que uma pinha come? Coloquei cereal, canela e raspas de chocolate. O Ben-Ben aprovou. Minha mãe revirou os olhos.

Toda essa conversa sobre pinhas fez eu me atrasar. Na casa da senhora Morrow, programei o gravador pra repetir meu seminário. O Alix vai ouvir tudo por sete horas. Quando eu voltar da escola, ele vai estar pronto pro próximo passo. Sou um gênio.

Na aula, a professora Whittam avisou que faltava uma semana pra apresentar o seminário. Ela disse que vai valer bastante na nota final e que a gente tem que usar todos os recursos possíveis. Além disso, a gente precisa anotar as fontes, e não pode ser da internet. Já estou até vendo: a biblioteca vai ficar lotada.

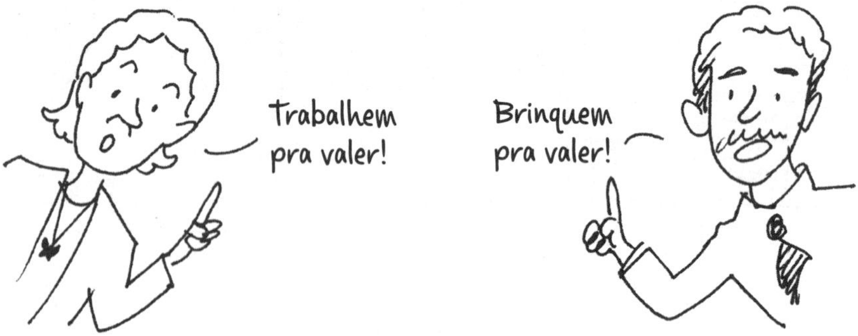

Brincar pra valer? Sim. O professor Brendall diz que, quando a gente trabalha demais, é bom ficar um tempo sem trabalhar, pra recuperar as energias do cérebro. Então, a gente contou piadas de animais:

Como se chama um piolho sem olho? Pi.
Como se chama um veado sem olho? Veado sem olho!
Qual a brincadeira preferida do porco-espinho? Pega-pega.
Qual é o animal que não vale mais nada? O javali.
Qual é o cavalo que mais gosta de tomar banho?
O cavalo-marinho.
Qual é o animal que anda com patas? O pato.

Muitos alunos foram pra biblioteca procurar livros sobre animais. A senhora Claire ajudou bastante. Eu falei pra ela do Alix e ela me deu um monte de livros.

Perfeito! É muita coisa pra levar pra casa, mas já tenho tudo o que eu preciso. O meu plano é terminar o seminário esse fim de semana. Tenho três dias, não há nada acontecendo na minha casa, e eu posso trabalhar na casa do Alix se eu precisar de mais espaço. Vai ser fácil! Estou me animando.

Quando eu entrei em casa, derrubei todas as minhas coisas porque... Ai, meu Deus. Não pode ser!

TEMOS UM BICHINHO DE ESTIMAÇÃO NOVO!

Meu pai disse que a amiga dele do trabalho não podia ficar com ele, porque ela tem alergia. A perda dela foi um ganho ENORME. É um cachorrinho lindo. Meu pai falou que a gente tinha que se dedicar 110% (como se fosse possível) pra cuidar bem dele (eu me ofereci), porque estava tudo em jogo (ah, o assunto mudou pra futebol), então a gente tinha que correr pra base (beisebol?).

Tentativa de tradução: minha mãe não queria ter um cachorrinho tanto quanto o meu pai, então a gente precisava dar uma força pra ela gostar da ideia.

O cachorrinho deixou a gente fazer carinho nele. Ele se acostumou rapidinho, pulou e lambeu o nosso rosto, as orelhas, os olhos (eca). Quando corre, ele se apoia mais do lado direito, quase correndo de lado. Ele é tão fofo!

O Josh e eu fizemos uma competição: cada um chamou o cachorrinho pra ver de quem ele gostava mais. Deu empate: ele gosta dos dois.

Más notícias: ele fez xixi no chão. Mas a minha mãe não surtou. Ela só fez a gente prometer cuidar de tudo: adestrar, levar pro veterinário, limpar a sujeira, levar pra passear. Sem problemas! Eu fui a primeira a dar uma voltinha com ele.

Com essas patinhas gordas, eu e o Viajante não conseguimos ir muito longe.

O nome que eu escolhi não durou muito. O Josh falou que queria chamar o cachorrinho de Cara Machão Bruto Durão! Ah, tá. Duvido. Vou visitar o senhor "Penoso Teimoso".

O cachorrinho me . O Alix me . Ele ficou fazendo barulhos pra me enganar.

Eu corri pra atender ao telefone, mas não estava tocando. Quem estava "tocando" era o Alix.

Corri até a porta pra ver quem era, mas não era ninguém. Era o Alix imitando o som.

Ouvi o computador ligar sozinho e fui ver o que era. Era o Alix imitando o barulho. De novo.

Comecei a ouvir barulho de micro-ondas. Quem foi? Acertou.

O Alix estava me deixando louca, e a pior parte era que ele sabia disso. Ele riu de mim e ficou se gabando!

E é óbvio que ele não queria decorar o meu seminário. Ele é desagradável, desregrado e turrão! Essas são as três palavras mais difíceis que conheço, mas eu não falei pra ele, porque, do jeito que sou azarada, ele ia repetir tudo pra senhora Morrow.

Tenho que me concentrar no meu objetivo. O truque é tentar fazer o Alix me ajudar.

Tá legal, respire fundo, Ellie. Paciência. Tente de novo. Comecei com o básico: um petisco na minha mão e uma palavra: — Oi.

— Oi, Alix. Oi.

Ganhou um petisco. Bom menino. Repetimos três vezes, com três petiscos. Perfeito! Próxima frase: louro quer biscoito. Ele não queria falar. Ele disse: — Alix quer biscoito.

Concentre-se. Você consegue. De volta ao começo.

Eu disse: O Alix respondeu:

Oi, oi, oi. *Oi, oi, oi.*

Petisco, petisco, petisco.

Louro quer biscoito. *Alix quer biscoito.*

Tá bom. Vou reescrever os cartões.

Oi. *Oi.*

Petisco.

Eu sou o Alix. *Eu sou o Alix.*

Petisco.

Vamos falar sobre papagaios-cinzentos. *Não.*

Nada de petisco.

O Alix estava de ponta-cabeça, lambendo as unhas.

Que saco! Por que ele não queria cooperar? Eu estava na cozinha, procurando sites de adestramento de papagaios na internet, e ele começou a imitar sons de novo.

Ding-dong!

– Quieto, Alix!

Ding-dong!

– Alix, pare com isso! Eu não caio mais nessa.

Ding-dong!
Ding-dong!

Ops, era a campainha mesmo.
Pior: era o Ben-Ben.

— Vush-Vush!

Que ótimo. O Alix deu um nome carinhoso pro Ben-Ben. Adorável. Completamente fantástico. Só que não! O Alix não quis repetir palavras para um seminário superimportante, mas faria qualquer coisa que o Ben-Ben pedisse.

Ei... talvez eu conseguisse fazer o Ben-Ben me ajudar a ensinar o Alix.

Tinha tudo pra dar certo. Com o Ben-Ben dando os petiscos pra ele, talvez o Alix cooperasse mais. Não custava tentar.

Bem na hora, o telefone tocou (de verdade). Era a senhora Morrow! Ela ficou feliz quando eu disse que o Ben-Ben estava visitando o Alix, e ela adorou o novo apelido dele, Vush-Vush. O Alix e o Ben-Ben faziam tanto barulho que eu tive que levar o telefone até a cozinha pra poder ouvir melhor.

Eu não falei pra ela que o Alix não estava sendo muito útil. Eu disse que eu estava no controle e que estava tudo bem. Pedi pra ela me falar um pouco dele. Ela disse que ele tem 10 anos. Ele gosta de sementes, nozes, pão, frango, vegetais, frutas e arroz em tubos de papel higiênico (nham). Eu disse que estava tentando ensinar coisas novas pra ele, e ela falou que ele já sabe centenas de palavras! A gente conversou um pouco e eu fui ver se estava tudo bem com o Alix e o Ben-Ben.

Ai, meu DEUS! O Ben-Ben e o Alix fizeram uma bagunça na sala de estar. Que coisa horrível!

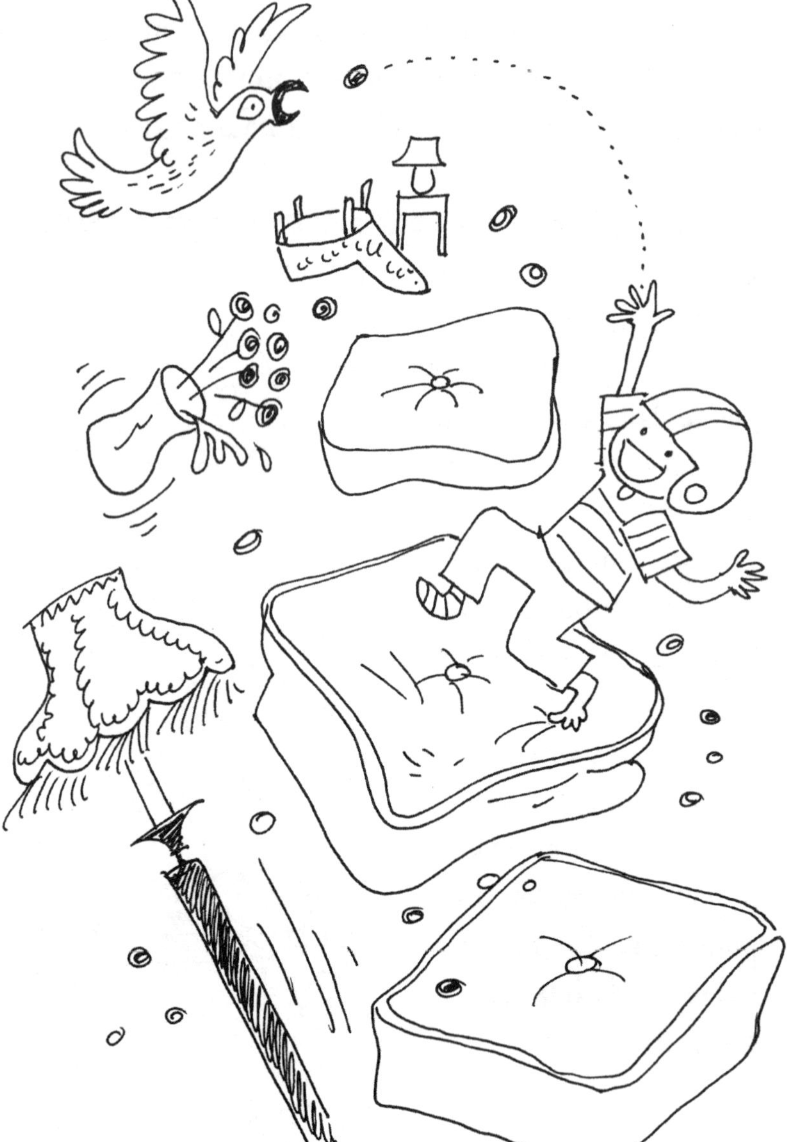

Eu falei pro Ben-Ben parar, mas ele estava fazendo tanto barulho que não me ouviu. De repente, uma lâmpada quebrou.

O Ben-Ben parou por um instante. Então, ele correu pra fora pela porta da frente e, antes que eu pudesse fechar a porta, o Alix saiu atrás dele!

Eu tentei pegar o Ben-Ben primeiro. Eu não queria que ele se assustasse.

Levei o Ben-Ben pra casa e fiquei de olho no Alix o tempo todo (torcendo pra não tropeçar e cair). Tranquei o Ben-Ben em casa (com cuidado, mas bem rápido), e falei pra ele brincar com o cachorrinho. Então, fui atrás do Alix.

O Alix estava no telhado da senhora Morrow. Tentei dizer todas as frases preferidas dele. Peguei a comida favorita dele. Segurei uma vassoura no alto perto dele pra ele poder escalar e descer. Ele olhou pra mim e foi pro outro lado do telhado.

Eu corri pro quintal e o chamei. Implorei pra ele descer. Nada dava certo. De repente, ele voou pra longe!

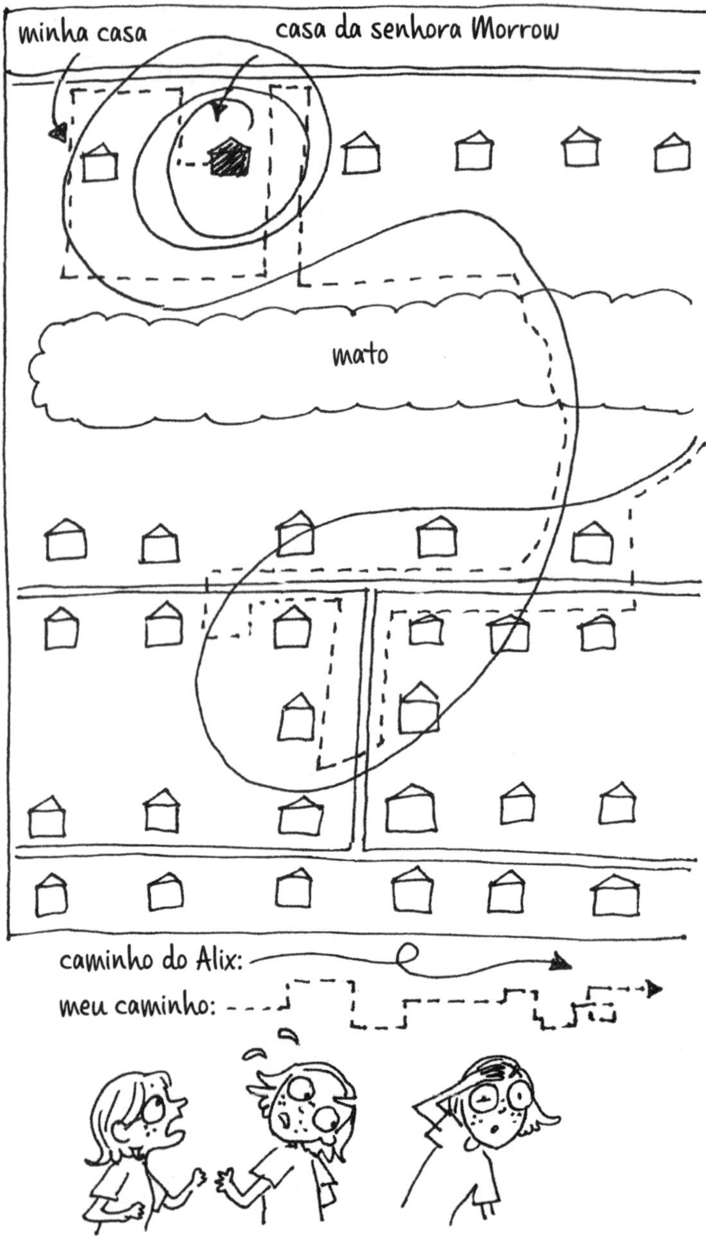

Que loucura. Eu corri pra todos os lados.

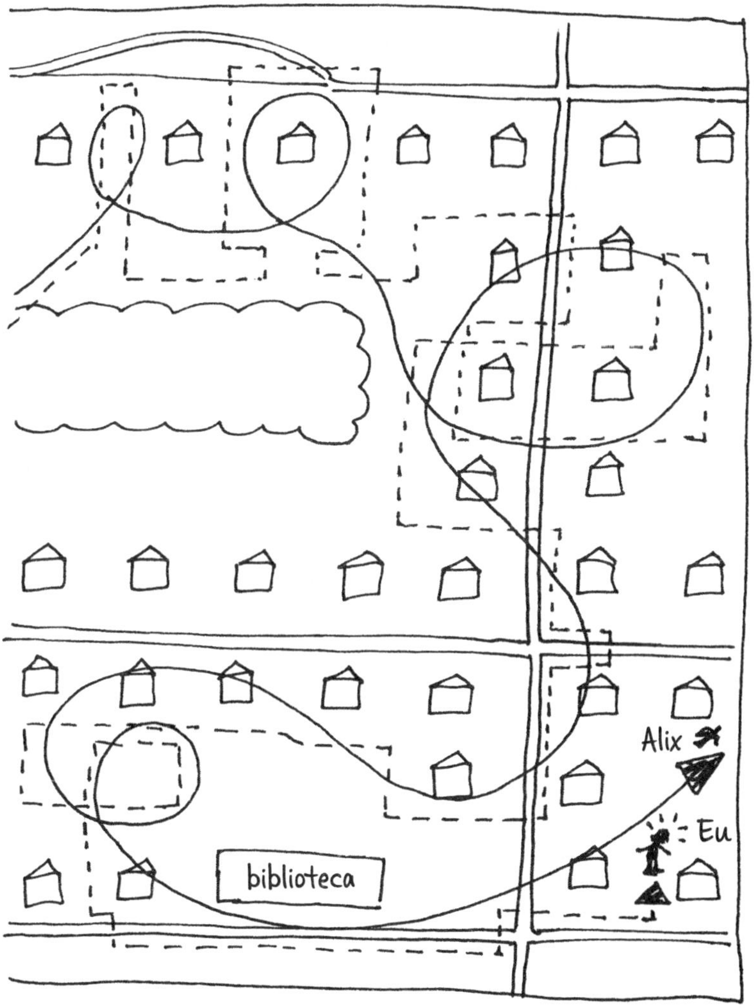

Perdi o Alix de vista em frente à biblioteca. E agora? Talvez a senhora Claire saiba o que fazer. Corri pra dentro e contei tudo pra ela (morrendo de vergonha). Que tipo de babá de pássaro perde o pássaro?

A senhora Claire me deu um livro grosso e me disse pra procurar "papagaio perdido" no índice. O livro dizia:

- Não deixe seu pássaro fugir. (Hum, tarde demais.)
- Papagaios de estimação perdidos podem viver sozinhos sem nenhum problema. Em Los Angeles, existe um bando de 1.200 papagaios!
- Coloque um anúncio com a foto do seu pássaro no jornal e na internet. (E falar pro mundo inteiro que ele está perdido? Não, obrigada.)

Esse livro não serviu pra nada. Procurei outros livros sobre papagaios, mas não achei mais nenhum. Então lembrei que eu mesma retirei todos eles! Todos os livros sobre papagaios estão na minha casa.

Eu estava procurando ajuda na internet quando a Glenda apareceu. Ops! Ela era a ÚLTIMA pessoa que eu queria ver. Se ela soubesse o que tinha acontecido com o Alix, ela ia contar pra todos.

Melhor eu dar o fora. Tchauzinho, menina-tatu.

Na volta pra casa, eu olhei pro céu. Onde estaria o Alix? Por um instante, pensei que ele estivesse me esperando na varanda da senhora Morrow e saí correndo.

Mas ele não estava lá. Eu vi uns 30 corvos, alguns gansos-do-canadá voando pro sul, um cardeal-vermelho e passarinhos com cauda em forma de V. Eles desciam e rodopiavam, fazendo várias piruetas, parecia uma festa.

O Alix vai voltar, não vai? Será que ele está se divertindo pelo ar com os outros pássaros?

Eu fiquei um tempo sentada na varanda e fui pra casa.

Cheguei atrasada pro jantar, mas bem na hora de lavar a louça. Decidi não contar pra minha família sobre o que aconteceu com o Alix. O Ben-Ben não fala, então ele também não podia contar nada. A Lisa e o Josh estavam instalando o CD player da minha mãe. Corrigindo: eles estavam TENTANDO. E não estavam indo nada bem. Eles fizeram vários buracos a mais e já estavam ficando bravos.

Num dia normal, aquilo seria engraçado, mas eu tinha que ficar de olho na janela. Se o Alix passasse por ali, eu tentaria convencê-lo a entrar na casa da senhora Morrow e ninguém saberia que ele havia fugido.

O Ben-Ben entrou na cozinha. Eu já sabia o que ele estava pensando. – Ainda não peguei o Alix – eu sussurrei. Ele olhou pra mim com os olhos mais tristes que eu já tinha visto. Então, ele pegou a pinha de estimação que ele tinha me dado e levou embora. Entendi a mensagem: ele me culpava pela perda do Alix e me achava uma péssima babá de bichinhos.

Ele continuou andando. O Ben-Ben, que adora histórias e vive pulando como uma bola, andou como se estivesse com a minha mochila pesada amarrada no tornozelo. Ele foi se arrastando pro andar de cima, entrou no quarto e fechou a porta. Meus olhos se encheram de água.

Terminei de lavar a louça e saí em busca do Alix. Eu vi o Josh passeando com nosso cachorrinho. Eles brincaram um pouco e entraram em casa. Eles nem viram que eu estava olhando da varanda da senhora Morrow. Ser babá em uma casa vazia era chato e solitário. Eu preferia fazer qualquer outra coisa, até lição de casa.

Fui pro quintal. A sombra das árvores era assustadora. Dava pra ver as estrelas. Ursa Menor, Girafa, Pégaso, Cisne... engraçado, muitas constelações têm nome de animais. Vaga-lumes silenciosos brilhavam ao meu redor, como estrelas na Terra. Pena que eles não podiam me dar uma ideia brilhante pra trazer o Alix de volta.

Finalmente, eu desisti e voltei pra casa pra ler todos os livros sobre papagaios de cabo a rabo. Não achei nada útil.

Eu ia fazer do Alix a estrela da escola. E ele ia me ajudar a apresentar um seminário sem eu ter que me coçar toda.

Aquele chato do meu irmão estragou tudo. Eu queria estrangular o Ben-Ben, mas acho que meu grito já foi suficiente. Eu não conseguia engolir. Minha garganta doía.

O que eu podia fazer? Ligar pra senhora Morrow? Não. Eu tinha que trazer o Alix de volta sozinha.

Meus sonhos eram tão horríveis quanto a vida real.

Hoje é sábado. Não tem aula. Eu queria brincar com o nosso cachorrinho a manhã inteira, mas minha mãe me lembrou que era meu dever cuidar do Alix, então eu fui pra casa dele. (Ah, se ela soubesse...)

Fiquei olhando pra gaiola vazia do Alix quando, de repente, tive uma ideia.

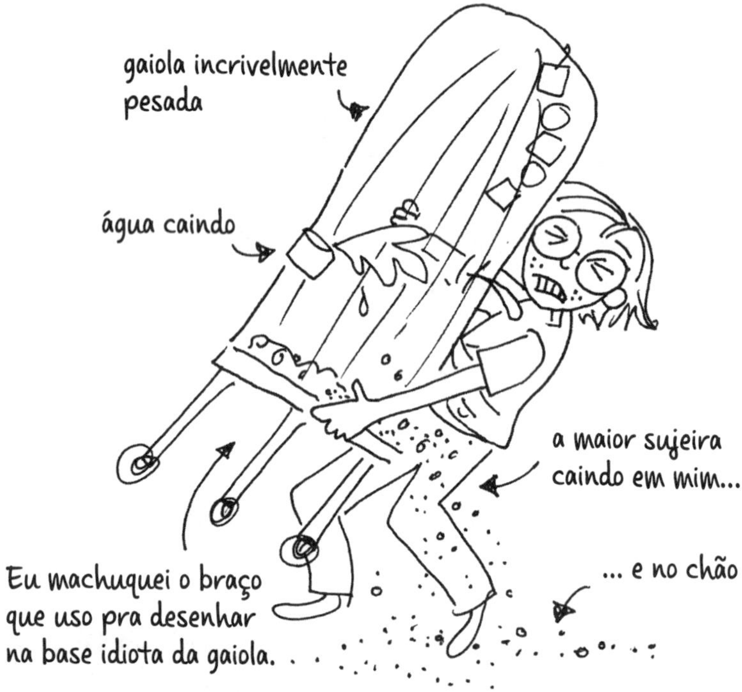

Finalmente, consegui levar a gaiola pro quintal. Espero que o Alix veja a gaiola e voe pra dentro dela. (Observação pra mim mesma: da próxima vez, tire os potes de comida e água ANTES de carregar a gaiola. Eca.)

Fiquei sentada no quintal ao lado da gaiola vazia por duas horas.

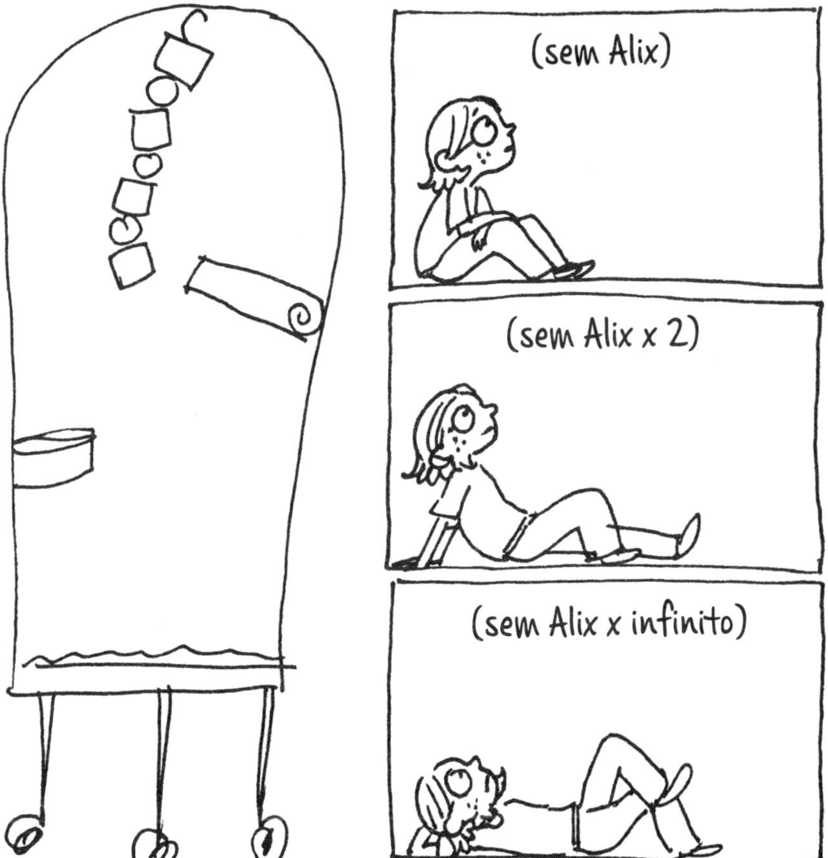

Depois, levei a gaiola pra dentro e limpei a bagunça que eu tinha feito. O aspirador de pó não aspirou o alpiste direito. Que pesadelo. Eu tinha que sair dali.

Eu cheguei em casa e vi uma mensagem pra mim: a Mo e o Travis queriam me encontrar no zoológico. A minha mãe falou que tudo bem, porque a gente podia fazer pesquisa pro seminário. Eu não conhecia aquele zoológico, então fizemos um passeio completo, cheio de piadas.

P: Qual a brincadeira favorita do tubarão?
R: Mastiga o mestre.
P: Por que as vacas vão pra Broadway?
R: Pra assistir aos muuusicais.

Esses pobres zumbis precisam de um nome:

Mortícia do Mar Morto.
Vampira do Lago Erie
Dentinhos Afiados!

Eles são amigos de sangue.

P: Por que o vampiro terminou com a namorada?
R: Porque ela não era o seu tipo sanguíneo.

O tigre siberiano olhou pra gente como se fôssemos o almoço dele.

P: Por que os tigres comem carne crua?
R: Porque não sabem cozinhar.

A gente deu o nome de "Sargento" para ele.

P: O que dá o cruzamento de uma tartaruga com um pinguim?
R: Um sorvete de casquinha.

P: O que dá o cruzamento de uma girafa com um papagaio?
R: Um alto-falante.

CREDO. Eu lembrei do Alix e me senti mal. A Mo perguntou se estava tudo bem, e eu contei pra eles que o Alix tinha fugido. Claro que eles ficaram apavorados. (Eu não me senti NEM UM POUCO melhor.)

Pelo menos, eles pensaram em algo que eu não tinha pensado: o Falcão, tio da Glenda, é o especialista em pássaros do zoológico. Eles foram fazer pesquisa do seminário. Eu fui procurar o tio Falcão. Especialista em pássaros? Ele É um pássaro!

(Ele acha que eu estou anotando o que ele fala. Ele não pode ver esta página de jeito nenhum!)

Eu disse pra ele que tinha perguntas sobre papagaios. Ele me interrompeu e começou a falar sobre um papagaio-cinzento que provou que os pássaros são inteligentes. Ele pulava tanto que eu achei que ele ia soltar penas. Na sala, ele corria de um lado pro outro, arrancando livros das prateleiras, artigos das pastas e fotos dos envelopes pra me mostrar. Ele falava tão rápido que eu não tive nem chance de falar sobre o meu problema com o Alix! De repente, o telefone dele tocou. Dois minutos depois, ele saiu voando da sala dele, dizendo que tinha uma descoberta de fóssil de pássaro pra investigar e me empurrou pra dentro de uma sala...

Então percebi que eu estava vendo uma apresentação sobre "Aves de Rapina". O tio Falcão disse que, se eu tivesse alguma dúvida sobre pássaros, eu deveria perguntar pro menino dos pássaros. Peraí, esse menino não me é estranho.

É o menino do *pet shop*! Carácolis! Não importa se ele sabe tudo, eu não vou perguntar NADA pra ele.

Fugi da apresentação. Achei mais legal ver o resto do zoológico.

O Pinguinário

Foi legal demais. A gente ficou em uma sala circular no centro do pinguinário, então parecia que a gente estava junto com os pinguins. Bem que eu queria estar lá com eles, escorregando e mergulhando. Acho que eu só não ia gostar da dieta deles (peixe cru, o tempo todo). Eles estavam brincando no gelo. Vai ver a água estava supergelada. Estranho esses pinguins serem do sul. Sempre achei que só o norte fosse frio.

Eu queria ter escolhido os pinguins pro meu seminário. Eles seriam ótimos personagens de quadrinhos.

Eu comecei a brincar com a minha ideia dos personagens pinguins:

Pinguim-saltador-da-rocha fêmea. Ela pula. Parece que está de mau humor. Será que é professora? Irmã mais velha? Ou a aluna mais malvada da escola?

Um personagem gente boa, como eu. Rá! Será que é a irmã mais nova? A protagonista?

Eu estava pensando em pinguins e em como é ser um pinguim ou ter um de estimação, desenhando quadrinhos de pinguins, enquanto andava sem prestar atenção no que estava ao meu redor, quando de repente...

POFT!

Esbarrei em alguém. Alguém, não... era o menino chato do *pet shop* e da apresentação. Que vergonha! Duas canetas foram pelos ares. Dois livros caíram no chão. O dele também parecia um diário. Ele pegou o MEU diário e, quando viu os desenhos, começou a fuçar nas páginas. Eu tentei pegar de volta, mas ele segurou bem alto. Grrr!

Não acredito nisso! Ele pegou o MEU DIÁRIO e eu não consegui tirar da mão dele.

– DEVOLVA O MEU CADERNO! – eu gritei, e ele pediu pra eu esperar um pouquinho. Que raiva. Então, eu vi o livro dele, peguei e corri pro outro lado do Pinguinário pra ler. Paguei com a mesma moeda! E veja que loucura...

Ele também desenha quadrinhos. Alguns até que são engraçados. Fiquei chocada. Ele é um artista como eu? Então, ele não é só um esquisito que trabalha no *pet shop*? Quem diria? Eu não... meu cérebro não consegue assimilar tudo isso.

De repente, ele apareceu atrás de mim. Ele devolveu meu diário e me deu a caneta dele. Ele disse que a minha caneta tinha quebrado, então eu podia ficar com a dele. Ele disse que gostou da minha arte. Ele sorriu! Eu não sabia o que dizer. Nada daquilo fazia sentido. Ele estava sendo legal? Comigo?

Ele fez esse movimento com as mãos e disse:

– Tartaruga desastrada!

Ha ha. Então ele sabia fazer uma tartaruga com as mãos. Eu quis dar uma resposta inteligente, mas saiu um som estranho da minha boca, parecido com uma gargalhada. Morri de vergonha.

Pra distrair o Marc, eu disse que achei alguns desenhos dele engraçados. Ele continuou sorrindo. Eu podia sentir o meu rosto ficando vermelho, então apontei pra uma página e disse que tinha gostado (e era bom mesmo).

Parecia loucura: eu conversando sobre quadrinhos com o meu inimigo. Ok, acho que inimigo é uma palavra forte demais. Adversário, rival, infelicidade pra minha existência?

Ele estava falando rápido, e eu fiquei surpresa, porque o que ele disse estava interessante. A gente comparou nossos desenhos do *pet shop*, e nós dois desenhamos os mesmos animais!

Eu ouvi um ronco estranho e dei risada. Era o estômago dele. Dessa vez, foi ele que ficou vermelho. Ele queria ir pro Chalé Lanches. Eles fazem batidas de fruta deliciosas. A gente foi pra lá e inventou as Batidas de Piada:

Você é uma faca
de dois gumes.

E aí, tudo massa?

bolinho   bolinho inglês

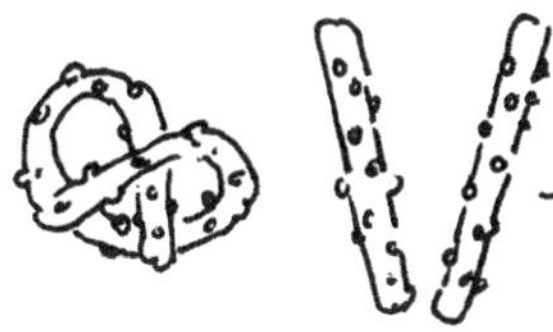

Drama dos palitinhos:
Fininho, fique longe do
pretzel. Ele é todo enrolado!

Vou dar outro gelo nela.

Não seja tão frio!

Brilhante!

Vou dar uma colher
de chá pra você!

A gente rachou de rir.
Até que o Marc é divertido.

A Mo e o Travis apareceram e eu apresentei os dois pro Marc. A gente queria conhecer outras partes do zoológico.

Travis: Vejam aquele tipo de vida selvagem.

Mo: Mais conhecido como um monte de gansos.

Eu: Sendo perseguido por um monte de meninas.

Marc: Que mais parece uma montanha de meninas.

Travis: Se um grupo de gansos é um monte, um grupo de montes é um ganso?

Um pavão gracioso estava se exibindo. O Marc disse que eu não podia usar a palavra gracioso, porque era um macho (não era digno dele). A gente se divertiu tanto! Eu não queria que o passeio acabasse.

Passamos pelos camelos e a Mo perguntou se eu já tinha montado um.

O problema é que era bem mais agitado, uma sensação totalmente diferente de andar a cavalo. Pra piorar, era muito alto. O camelo não podia correr de jeito nenhum.

Mo, obrigada por tirar uma foto minha com cara de assustada.

Durante a caminhada (bom, eu estava balançando em cima do camelo), encontrei uma pedra em forma de ♡.

Eu e a Mo combinamos de ir pro Pavilhama amanhã. O Marc disse que ia também, pra cuidar do estande da família dele. – Pode ser que a gente se veja lá! – eu disse. – Vou usar meu capacete – ele falou. Eu dei uma risada que parecia um ronco de porco. Fiquei vermelha e todos riram de mim. Até eu mesma.

Cheguei em casa e tive que voltar pra realidade. Levei todas as minhas coisas pra trabalhar na casa do Alix. Eu preciso encontrar esse papagaio logo!

Arrastei todas as minhas bugigangas de atrair papagaio pra fora.

Mas nem a gaiola nem nada trouxe o Alix de volta. Levei tudo pra dentro e fui pra minha casa. O Josh estava adestrando o cachorrinho.

Parece que o Ben-Ben se apegou bastante a ele.

Nós jantamos à luz de velas, ou melhor, à luz dos vaga-lumes do Ben-Ben. O CD player da minha mãe, que ainda não tinha sido instalado, tocava a trilha sonora do jantar: Paco Bell, Mo-zarte, Beto-vem. Dã, é Beethoven! A gente pensou em alguns nomes de cachorrinho. Rex, Totó, Max, Fido. Fido? Fala sério, Josh.

Minha mãe falou que a gente tinha que escolher o nome de uma pessoa inteligente e esperar que combinasse com o cachorrinho. O Josh disse que não tinha como, porque o melhor nome (o dele) já tinha dono. Depois dos resmungos, mais sugestões: Copérnico, Galileu Galilei, *sir* Francis Bacon, Shakespeare, Henry Wadsworth Longfellow.

— Gostei! — minha mãe falou. O nome dele vai ser Henry Wadsworth Longfellow? Até que combina. A cauda dele é bem longa mesmo. O Josh disse que era justo que a minha mãe escolhesse o nome dele, porque ele ia dar mais trabalho pra ela do que pra qualquer um de nós. Ela olhou feio pro Josh e a gente riu.

Depois do jantar, voltei pra casa do Alix pra continuar com a farsa da babá de pássaro. Não existe nada pior que cuidar de uma gaiola vazia. Quando eu cansei de preparar meu seminário, fiz uma lista de todas as minhas ideias pra recuperar um animal de estimação perdido.

Coisas que já tentei:

gritar pra ele
jogar alpiste pra ele
deixar a gaiola tentadora
atraí-lo com brinquedos
procurar ajuda em livros

Coisas que não posso fazer:

contratar um especialista
alertar os vizinhos
colocar anúncio no jornal
fazer cartazes com a foto dele
fazer uma armadilha

Carácolis. E agora?

Antes de ir pra cama, minha mãe disse que estava orgulhosa de mim, porque eu estava cuidando muito bem do Alix. Por sorte, minha boca estava cheia de pasta de dentes, e tudo que eu consegui dizer foi "Mmffmgf!".

Eu não conseguia dormir. Talvez um lanchinho ajudasse. De repente, ouvi alguma coisa arranhando a porta da Lisa. Achei que fosse o cachorrinho. Eu abri a porta e ALGUMA COISA saiu correndo. O corredor estava escuro, mas o que quer que tenha sido, com certeza NÃO era um cachorro.

O QUE ERA AQUILO?
UMA TARÂNTULA?

A Lisa também saiu correndo direto pro porão. Eu fui atrás, mas mantive uma distância segura. Afinal, se fosse uma aranha gigante, eu não ia querer que ela subisse na minha perna.

Então a Lisa colocou aquele ser indefinido DENTRO DO ROUPÃO DELA!!! E depois, dizem que EU sou lelé da cuca?

Eu sussurrei: — Isso aí é uma tarântula?

Ela sussurrou de volta: — Xiu! Não é nada, sua anobob*. Por que não vai dormir?

É impressionante. Ela consegue fazer com que eu me sinta uma idiota. Mas eu não vou deixar quieto. — Por favor, por favor, por favor, por favor, por favor, por favor! — eu insisti. E, talvez pra eu parar de encher o saco, ela resolveu me contar.

* anobob = bobona ao contrário

Ai, meu DEUS.
É uma gatinha!
A mãe sabe disso?
Onde você pegou?
Ficou louca?
A mãe vai matar você.
Ai, meu Deus.
Será que a mãe vai deixar
você ficar com ela?
Posso pegá-la no colo?

Ela é linda! O namorado da Lisa deu de presente pra ela. Já faz uma semana que a Lisa está escondendo a gatinha no quarto!

Eu prometi que não ia contar pra ninguém. Até porque eu acho que minha mãe vai pirar quando descobrir, e eu não quero estar perto pra ver.

Acordei cedo pra brincar escondido com a gatinha da Lisa. Ela é superfofa, mas arranhou o braço que uso para desenhar! Ela tem patas enormes e dedos a mais, ou seja, garras a mais. Aiiii! E a Lisa nem ligou.

A gata me arranha, o Henry tem dentes afiados e o Alix me diz coisas feias. A Ofélia não corre o menor risco de perder o status de animal de estimação preferido comigo!

No café da manhã, a minha mãe falou mais uma vez que estava orgulhosa de mim por cuidar do Alix. A minha boca estava cheia de cereal, então eu não consegui falar nada. Ela disse que a senhora Morrow deveria me dar um dinheiro extra.

A Mo ia passar em casa porque a gente ia ao Pavilhama mais tarde, então fui ver se encontrava o Alix. Eu cansei de estudar pro seminário. Também cansei de procurar aquele pássaro inútil. Ele já deve estar na África com os amiguinhos do Congo.

Fiz um pinguim de origami, porque me lembra o zoológico:

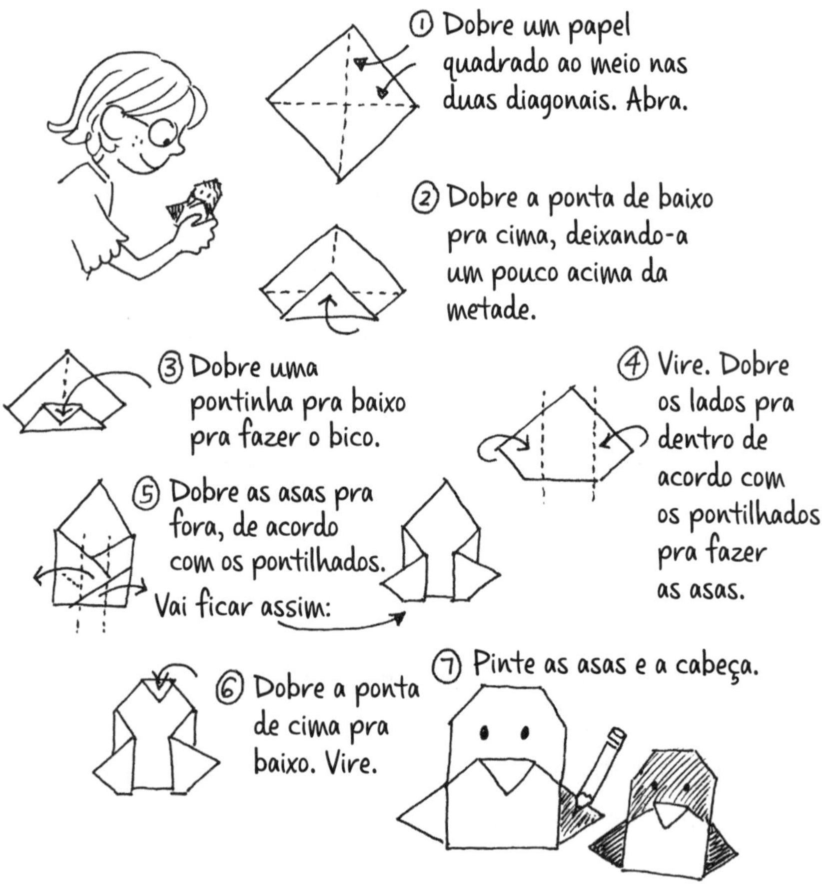

Eu fiz um bando de pinguins.

A família da Mo finalmente chegou pra levar a gente ao Pavilhama. Eu estava muito animada. Além disso, eu estava MORRENDO de vontade de sair da casa da senhora Morrow pra não ter que olhar pra uma gaiola vazia. Antes de sair, o Thomas, irmão da Mo, brincou com o Henry.

O Thomas tem síndrome de Down e aprende no seu próprio ritmo. Mesmo assim, eu aprendo com ele o tempo todo! Somos grandes amigos!

Ver o Thomas e o Henry foi divertido. O Thomas dava risada quando o Henry lambia o rosto dele, e a gente caía na gargalhada.

Enfim, o Pavilhama, a grande exposição de lhamas e alpacas no setor de pecuária da universidade.

Nossa. Lhamas e alpacas em TODO LUGAR sendo lavadas, penteadas, tosadas, alimentadas, exibidas e classificadas. Fato: alguém cruzou um cachorrinho com um pônei e, assim, surgiram as lhamas e alpacas. Tá legal, NÃO é verdade. Acabei de inventar isso.

Como Desenhar uma Lhama:

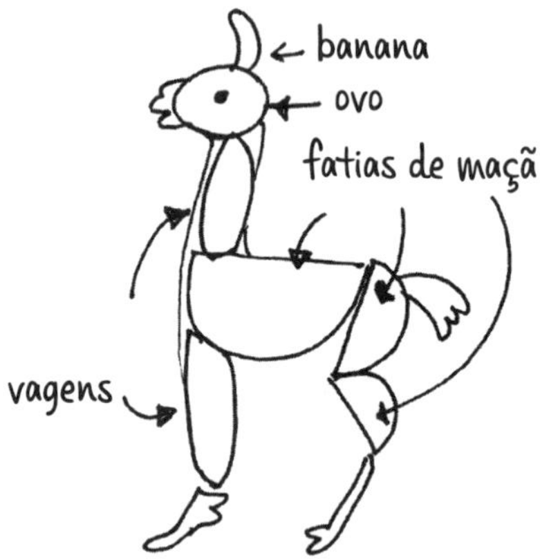

A gente estava rodeado de sons e cheiros estranhos. Era muita coisa pra fazer. A gente escolheu as lhamas preferidas e conversou com os donos. A Mo fez um monte de perguntas pro seminário dela. Eu tive a oportunidade de fazer um cobertor de fibra de alpaca. É tão lindo e macio!

Eu e a Mo ouvimos umas meninas cantando uma música de lhama e fazendo coreografia com as mãos. A gente não entendeu a letra, e éramos galinhas chocas demais pra perguntar. Então, inventamos uma.

Amor de Lhama

A linda lhama
em busca de drama
diz pra sua mãe
que a ama,
se transforma
em superlhama
e voa
para o Pavilhama.

Mas a superlhama
sente falta da mãe.
É muito melodrama
pra uma só lhama!
Ela diz adeus
ao Pavilhama
e volta pra perto
da mamãe lhama.

>beijo<

A gente cantou umas 50 vezes até decorar.

A gente estava cantando a nossa música da lhama e viu o Marc no estande da família dele. Eu perguntei por que os meninos nunca cantam músicas bobas com coreografia. — Eu canto — o Marc disse, dando de ombros. Então, uma alpaca que estava perto dele fez um barulho e ele disse obrigado pra ela. Eu ri igual a um porco, como sempre.

O estande do Marc tinha várias coisas com temática animal: livros, coleiras, brinquedos, roupas. Tinha até um minizoológico com papagaios. Isso me deu uma ideia: vou comprar um Alix novo. Eu perguntei discretamente pro pai do Marc quanto custava um papagaio-cinzento.

Ele disse: — Cinco.

Só CINCO dólares? Então, vou poder comprar um!

Aí, ele completou: — Cinco MIL dólares.

Ah, tá. Então... vou ali conversar com o Marc e a Mo...

No caminho pra casa, eu e a Mo ensinamos a nossa musiquinha da lhama pra Daiana. Se ela ensinar para os amigos dela, e eles ensinarem pra todos os amigos deles, talvez as crianças do mundo todo aprendam e eu e a Mo podemos ficar famosas. Seria ÉPICO.

A Daiana e o Thomas queriam brincar com o Henry de novo, então eu levei a Mo pro meu quarto pra gente passar o tempo. De repente, ouvimos um latido alto vindo do lado de fora. Corremos até a janela, com medo de que tivesse acontecido algo de errado. E tinha!

Todos os vizinhos estavam reunidos no meu quintal olhando pro cachorrinho, que estava latindo furiosamente...

... pra GATA da Lisa! A gente não queria perder aquilo por nada, então fomos voando pro quintal.

Os vizinhos começaram a fazer apostas (a gata tinha muito mais chance de vencer).

O cachorrinho só queria se divertir, mas a gata não estava pra brincadeira!

Eu vi a cara feia que minha mãe fez pra Lisa. Ops. Parece que ela descobriu sobre a gata! Pra sorte da Lisa, o Josh interrompeu: – Como é que um cachorro disléxico late? Ua, ua!

Ninguém riu. Depois, ele anunciou que o primeiro show da banda dele ia ser depois do jantar. Não consegui ouvir a conversa da minha mãe com a Lisa porque elas entraram. (Que pena, queria ver o espetáculo.)

À noite, fomos pro show das Tarântulas Fofinhas. Todos os vizinhos foram. Foi um sucesso!

Eu, a Mo e o Travis ficamos bem na frente. Levamos até um lanchinho. Estava um pouco frio lá. Isso me fez pensar: por quanto tempo um papagaio da floresta consegue sobreviver no frio?

Mais tarde, quando eu já estava pronta pra ir dormir, vi uma fuinha no espelho. Cara de fuinha? Fala sério, Josh.

O Ben-Ben deixou uma mensagem no meu travesseiro:

desenho do Alix com a minha coleção de pedras em forma de coração

Ele está com saudade do Alix.

O Ben-Ben não sabe o quanto eu estou me esforçando pra encontrar o Alix. Eu não paro de pensar nisso! Mas, quando dei comida pra Ofélia, fiquei pensando: e se ELA desaparecesse? Eu ia ficar louca da vida.

Alix, este é meu juramento solene: vou me esforçar em dobro. Eu TENHO que trazer você pra casa em segurança.

No café da manhã, fui lembrada do meu juramento.

— Ellie, querida, eu sei que você andou muito ocupada esses dias e que as tarefas de casa interferiram. Tenho boas notícias pra você: a Lisa está de castigo por ter escondido a gata. Ela vai ter que lavar a louça por dois anos, então você vai ter mais tempo pro seu projeto da escola e pra cuidar do Alix!

Iupi. Mais tempo com a gaiola vazia.

No caminho pra escola, eu vi um corvo. Eu podia jurar que ele estava rindo de mim. Corvos não são um sinal de que algo ruim vai acontecer? O que mais podia acontecer de ruim?

Na aula, a professora Whittam perguntou se alguém queria apresentar o seminário, e duas pessoas levantaram a mão! Como alguém podia ter se organizado tão cedo? Isso é muito perturbador. Pelo menos, aprendi uma coisa legal no seminário da Linda.

Como Fazer uma Marionete de Leopardo:

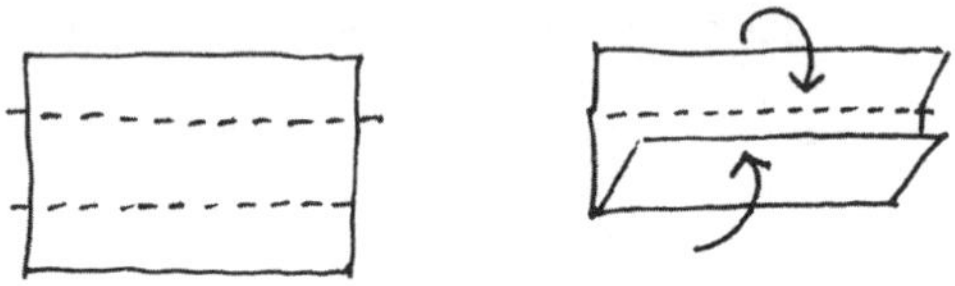

① Dobre uma folha de papel em três partes iguais

② Vai ficar assim

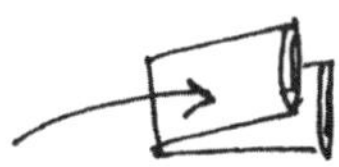

③ Dobre ao meio

④ Dobre a parte de cima

⑤ Dobre a parte de baixo

⑥ Vai parecer uma sanfona

⑦ Desenhe e decore a face (cole orelhas, língua, etc.)

⑧ Coloque quatro dedos na abertura de cima e o dedão na de baixo.

O professor Brendall deu um tempo pra gente preparar nosso seminário animal. Eu precisava trabalhar mais que todos os alunos, mas eu não consegui me concentrar nele. Depois de uma hora no computador da sala, eu só consegui fazer isto:

```
            /\__/\
 ((        / (,\/,) \
  ))  <<  .,_¥_,.   >>
 ((   ____||
 (________)====@E
  || || ||                  ( )( )
  || || ||                   ( •_\
 @@@                     ~~~/_)_)_
```

É um gato malvado com dedos compridos e garras enormes correndo atrás de um lindo ratinho.

Eu queria saber se o Alix estava a salvo de gatos. No bosque, atrás da nossa casa, há falcões.

— Falcões comem papagaios? — eu perguntei pra Mo depois da aula, mas ela não sabia. Ela sugeriu que eu ligasse pro Marc pedindo ajuda, mas o que ele ia pensar de mim? Eu não podia ligar pra ele. Não até eu ficar desesperada. E tem que haver alguma coisa que eu possa fazer.

Depois da aula, na casa do Alix, eu fui bem criativa.

Plano A: pilha gigante de comida de pássaro.

Ela atraiu um bando de pássaros da espécie errada. Aff. E quando um grande número de pássaros come um monte de comida, o resultado é nojento. Resultado: descobri que demora um tempão pra lavar o quintal.

Plano B: falar palavras que o Alix conhece no megafone que achei no meio do equipamento esportivo do meu pai.

Megafones são ALTOS. É vergonhoso contar pra todos os vizinhos que eu sou uma chata, à toa e lelé da cuca. Mas eu contei. E não adiantou nada. Nem sinal do Alix.

Plano C: tocar a gravação da secretária eletrônica da senhora Morrow no megafone.

Plano D: um papagaio de papagaio.

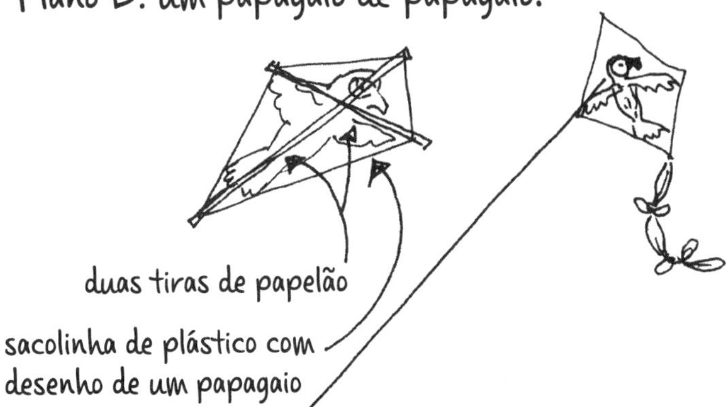

Eu soltei a pipa o mais alto que pude. Pensei: "É claro que isso vai trazer o Alix de volta pra casa". Não funcionou. Nada funciona. Hora do jantar. Vou tentar de novo mais tarde.

Entrei na minha casa (MINHA PRÓPRIA CASA) e fui surpreendida pela adorável estraçalhadora de peles. Ela não me largava de jeito nenhum. Ela é um grude com garras.

Ela é uma bola de pelos com dentes afiados. Pelúcia Mãos de Tesoura.

Depois de comer, eu corri pra casa do Alix e fiz tudo de novo. Eu estava incrivelmente produtiva e espantosamente criativa, mas fui alarmantemente malsucedida. Nada do Alix.

A partir de agora, vou chamar a gata de "Kit de primeiros socorros".

As Garras da Gata Malvada São Boas pra:

- transformar cortinas em persianas verticais
- desenroscar espaguete
- mexer na areia de um minijardim
- fatiar cebola
- fazer serpentina
- dividir um bolo em cinco partes iguais (ops, seis, não, sete, depende da pata que ela usar)
- dar um visual desfiado pra calças, camisetas, casacos, pernas...

Eu não dormi direito ontem. Não consegui parar de pensar no Alix. Acho que ele está bravo comigo e não quer ser encontrado. Ou pior, e se tiver acontecido alguma coisa com ele?

Fui pra casa do Alix pra minha rotina matinal, mesmo sabendo que era uma perda de tempo (foi mesmo). Depois, fui até a escola, olhando pro céu o caminho todo. Pensei ter ouvido a voz do Alix várias vezes, mas era só minha imaginação.

Na aula da professora Whittam, a Ana apresentou o seminário dela sobre búfalos. Ops, bisões. Aprendemos que o certo é bisão. Os búfalos vivem na Ásia e na África.

O Shawn falou sobre burros. Ele até levou uma *piñata* pra gente bater. Doces de graça! Foi MUITO legal! Isso me animou um pouco.

Assim que eu cheguei da escola, minha mãe mandou a gente ir pro veterinário. – O Henry precisa entrar saudável na nossa família – ela disse. Legal, mas a gente teve que levar a gata medonha da Lisa, e isso significa que ela vai entrar pra família também. Eu ♡ a gata.

A sala de espera do veterinário tinha cachorros de todas as raças possíveis. Também tinha gatos, um pato e um porco.

O Henry estava extremamente feliz de estar ali.

O doutor Phillips chamou a gente. A gata malvada  foi atrás, o Henry entrou em pânico e correu  da sala de exame pro corredor, seguido pela , que assustou um dogue alemão , que escorregou no chão encerado, e a gente foi correndo pegar  uma guia  ou uma coleira , evitando a todo custo arranhões  e mordidas.  Foi um caos! E é claro que os cachorros  no canil e na sala de espera começaram a latir, frenéticos.  Então, o veterinário  abriu uma lata com a gosma mais fedorenta  que eu já vi. A gata  parou pra comer a "carniça enlatada" , e eu quase senti pena dela, porque ela acreditou que fosse comida de verdade. Todos os animais foram colocados em salas separadas...

Deu até pra ouvir um suspiro de alívio coletivo.

O doutor Phillips examinou o Henry. Ele disse que o Henry era saudável, deu uma injeção e aparou as unhas dele. Ele disse que o Henry pode chegar a pesar 20 quilos. A minha mãe quase desmaiou. Acho que ela gostaria mais de um cachorrinho que coubesse na bolsa dela.

Quando a minha família estava indo embora, eu voltei e perguntei como eu fazia pro Alix voltar. (Esse foi o principal motivo de eu ter ido lá.)

O doutor Phillips disse que pássaros criam laços de amizade, então talvez o Alix volte quando sentir falta de algo ou de alguém que ele ama. Ele disse que eu deveria perguntar pro dono e fazer isso rápido, porque há predadores na região, ele é um pássaro valioso e, à noite, faz frio. Tá bom, chega, já foi o suficiente.

Coisas que o Alix ama de verdade:

- fazer barulho de telefone tocando
- rir da minha cara
- frutas
- a senhora Morrow
- o Ben-Ben
- cantar ópera
- que leiam pra ele
- balançar no poleiro dele
- ________?
- (eu não) :(

Estranho. A parte da frente dos carros parece um rosto.

Eu subornei o Ben-Ben pra ir até a casa do Alix comigo (com alguns doces da *piñata*). Ele queria brincar com as bugigangas que eu fiz. Por mim, tudo bem. Talvez o Alix notasse.

Resultado: nada do Alix.

Café da manhã:

Decidi fazer uma boa ação.

Na casa do Alix, eu coloquei a gaiola e a comida dele perto da porta dos fundos. Eu pensei positivo: "É hoje que eu trago o Alix de volta! Vou deixar a gaiola pronta".

Espero que a sorte esteja do meu lado. Estou pronta pro retorno do Alix. Pronta de verdade mesmo.

Na escola, perguntei pra Glenda sobre o seminário dela. A gente comparou anotações. Viu? Eu estava sendo legal. Eu merecia ter o Alix de volta.

Na hora do almoço, a Rachel me perguntou sobre a minha pesquisa com o Alix. – Ah, ele gosta mais do Ben-Ben e, ultimamente, ele tem andado meio distante – eu disse, olhando nos olhos dela. A Mo quase engasgou com o leite.

O Travis interrompeu: – Quando passarinhos levam uma pancada na cabeça, o que eles veem?

Ir da escola pra casa era doloroso. Será que eu fiz o bastante pra encontrar o Alix? É claro que não. Acho que eu deveria ter chamado a senhora Morrow na hora que o Alix foi embora.

O que mais eu poderia fazer? Hum. Não tenho muitas alternativas. Sinto que ele está lá no alto olhando pra mim, mas não quer voltar pra casa.

Essa foi a caminhada mais longa e mais triste que eu já fiz. Quando eu cheguei em casa, vi que não tinha mais escolha. Eu tinha que fazer o que era melhor pro Alix.

Entrei em casa e fui direto ligar pra senhora Morrow. A minha família percebeu. Ficaram todos perto de mim, observando. Foi muito legal, percebi que todos estavam me apoiando em silêncio, enquanto eu tentava descobrir o melhor jeito de contar pra senhora Morrow que o pássaro querido dela desapareceu.

Eu não acreditei. Ela não ficou brava! Ela disse que isso já tinha acontecido, mesmo depois de ela ter cortado as asas dele. Ela me disse o que fazer e me avisou que ela ia voltar pra casa no dia seguinte, e que tudo ia ficar bem. Eu desliguei e fiquei aliviada.

E então, começou o falatório.

Lisa: — Anobob, você deveria ter falado pra gente que o Alix fugiu! A gente teria ajudado você!

Josh: — Nenhum homem é uma ilha, e nenhuma mulher é um oceano. Você não deveria ter tentado fazer tudo sozinha.

Mãe: — Querida, você deveria ter contado o seu segredo pra nós. O que acontece com um de nós afeta todos nós.

Pai: — Times trabalham juntos. Nós somos um time, não somos?

Epa. Eu não tinha percebido que guardar os meus problemas só pra mim era egoísta. Eu fui tão teimosa quanto a Gata Medonha quando se agarra numa perna.

Depois que pararam de me dar bronca, eles me abraçaram e perguntaram como poderiam me ajudar.

Fiz uma lista de coisas pra gente juntar. Depois, fui pro quarto pegar meus binóculos. Na verdade, subi pra espairecer um pouco.

Foi difícil.

Aquele pesadelo horrível estava acabando.

Eu respirei fundo, usando a técnica de ioga que a Lisa me ensinou. Inspirar devagar, prender o ar um pouco, expirar devagar.

Respire. Respire. Respire. Respire. Respire.

Antes de sair do quarto, liguei pra Mo, contei o que aconteceu e pedi pra ela chamar o Travis e o Marc pra virem aqui em casa. Se eu não trouxer o Alix pra casa hoje, pelo menos quero estar com meus melhores amigos.

O Josh e a Lisa caíram na risada.

O Alix apareceu! Como eu iria fazer pra ele descer até a gente? Eu tinha que pensar como um pássaro. Se eu pudesse voar até lá e pegar o Alix. Subir lá... Tive uma ideia! Escalei a árvore mais alta do quintal (minha mãe ficou preocupada). Enquanto eu subia, olhei pra minha família e percebi como eles são bons. Estou feliz por essa ser a minha família! Minha pequena família. Minha família microscópica. De onde eu estava, eles pareciam minúsculos! O Ben-Ben de capacete parecia um ovo de galinha ambulante. Então, eu tive uma ideia BRILHANTE! Desci da árvore e expliquei pra eles.

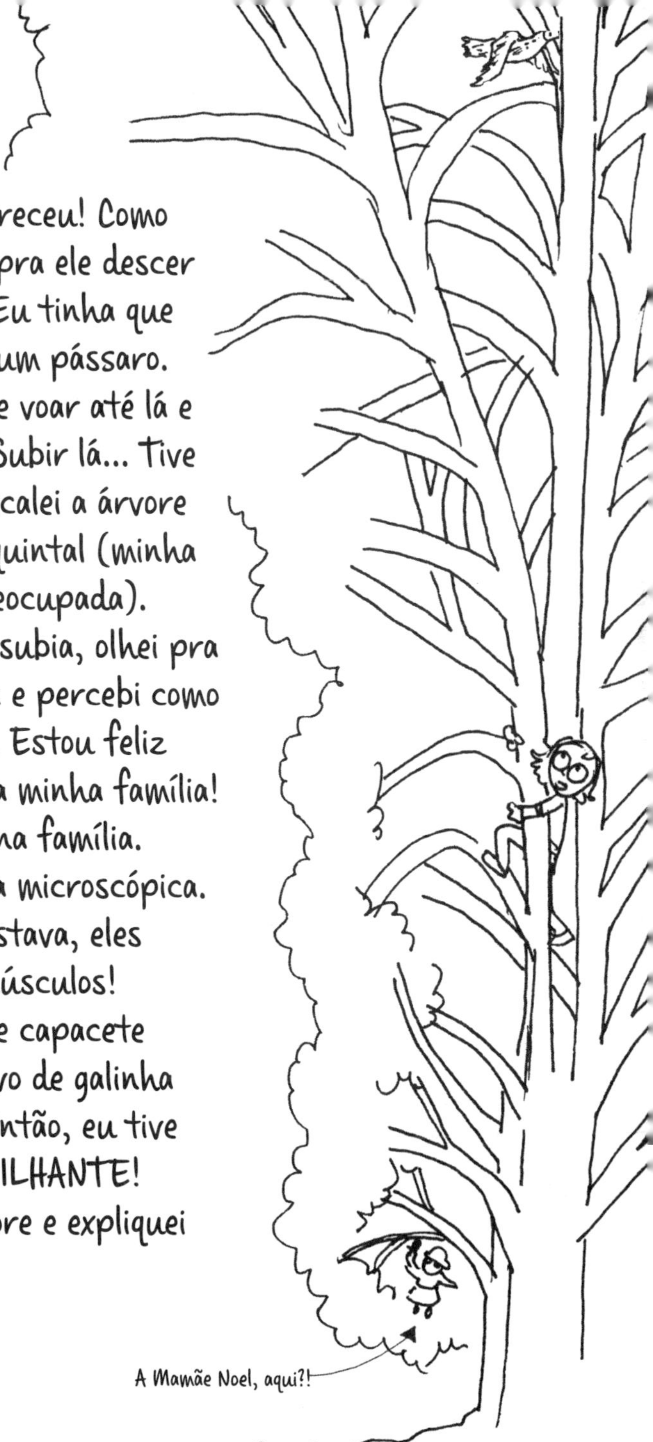

A senhora Claire passou em casa pra levar um livro novo sobre papagaios pra mim. Eu aproveitei e pedi pra ela ajudar a gente! Ela ajudou a minha mãe a tocar bem alto a música do Pachelbel. Meu pai preparou escadas e fez um círculo bem grande na grama. A Mo, o Travis e o Marc chegaram a tempo de buscar mais coisas. O Josh e a Lisa chamaram mais reforços: o Doof, o Izzy e o Peter.

A gente trabalhou muito rápido. Fizemos vários rolos de jornal e grampeamos. O plano: construir uma cúpula geodésica gigante.

O Alix estava no alto da árvore, recitando o meu seminário: — Eu sou um Timneh. Os Timnehs selvagens vivem nas florestas tropicais e savanas da África centro-ocidental.

Uau. Ele decorou o meu seminário! Eu não sabia se dava um petisco pra ele ou se dava uma bronca nele por não ter cooperado antes!

Com a ajuda de todos, fizemos um monte de lençóis com listras vermelhas e uma cúpula geodésica do tamanho de uma cabana. Juntamos tudo, e...

Ficou MUITO legal!

Tã-dããã! Um capacete do Ben-Ben em tamanho família! Bem, de perto, não parecia tanto, mas de lá do alto, aposto que ficou igualzinho. Tanto que, assim que tudo ficou pronto, o Alix veio voando, chamando o Vush-Vush.

O Ben-Ben fez um barulho de grasnado e conseguiu fazer o Alix entrar na gaiola. Eu liguei pra senhora Morrow na hora e deixei o Alix falar com ela. E, depois, a gente comemorou!

Pizza pra todos! Música por cortesia das Tarântulas Fofinhas! Petiscos pro Alix, que parecia muito feliz por estar em casa, graças a Deus. A Lisa e o Josh estavam treinando um truque novo: ensinando o Alix a me chamar de preguiçosa, mas eu nem liguei. Afinal, eu estava aliviada por ter encontrado o Alix!

Meus pais me abraçaram e disseram que estavam orgulhosos de mim. Eu me senti bem, porque, dessa vez, eu sei que mereci.

Voltamos pra dentro de casa, e a loucura de gata contra cachorro ainda não tinha acabado.

Medonha e Sapeca

A gata e o cachorro são como o resto da família: sempre estão no caminho, às vezes machucam e, com certeza, nunca são entediantes. Mas eu não podia ficar olhando os dois. Eu tinha que terminar o meu seminário.

Pensei em um plano novo pro seminário. Cada pessoa na sala recebe uma cartela de bingo (o computador é muito útil pra essas coisas).

Quando eu mencionar um assunto (por exemplo, palavras da Ellie, como as penas funcionam, papagaios de estimação, vocabulário de papagaios ou coisas engraçadas que o Alix faz), os alunos marcam o quadrado com aquele assunto. O primeiro a marcar uma fileira completa grita "BINGO!" e ganha o prêmio: um comedouro pra pássaros feito com uma pinha coberta de manteiga de amendoim (claro que não é uma das pinhas do Ben-Ben).

Cada quadrado é um tópico do meu seminário.

Hoje é o grande dia. Estou pronta pra apresentar o seminário, e não vou levar o Alix. Não quero que ele fale pra escola inteira que eu sou lelé da cuca.

Eu estou nervosa e com medo, então eu vou levar meu kit da sorte:

Todos me deram conselhos:

 Comece com uma piada!

 S.O.S.: Seja Objetiva Sempre.

 Pratique: a memória vai ajudar você!

 Seja você mesma!

 Ele não falou nada. Não parou de correr. Isso quer dizer "continue, não pare".

 Olá, olá, olá! Divirta-se!

Na aula, levantei a mão quando a professora Whittam perguntou quem queria apresentar. No começo, fiquei com medo e gaguejei, mas continuei falando. Até que não foi tão ruim. Eu até gostei um pouco, principalmente quando os alunos riam das minhas piadas (contei a piada do alto-falante).

Apresentei vários fatos sobre papagaios--cinzentos, mas também consegui falar sobre o que aprendi com o Alix (por exemplo, que os pássaros selvagens trabalham em grupo, como bons amigos, e que eles grasnam pra pedir ajuda aos outros, o que eu deveria ter feito antes). A ideia do bingo foi ótima. A melhor parte: nada de coceira.

Eu e a Mo decidimos comemorar depois da aula e fomos pra loja do Marc comprar petiscos pra gata e pro cachorro. Mas, primeiro, fomos visitar o Alix (dessa vez, ele ficou DENTRO da gaiola). Eu sabia que ele ia me chamar de lelé da cuca, mas tudo bem. Eu aguento.

Fim

Nenhum animal foi ferido na produção deste livro.

AGRADECIMENTOS

Agradecimentos especiais para este bando de colaboradores: Evan Rapin, Alyssa Forsthoefel, Abigail Cunningham, Jerald Bullock, Dave Brigham, Diane Allen, Nelson Phillips, Marty Smith, Dawn Dixon, Tim Bogar, Ann Finkelstein, Debbie Diesen, April Jo Young, Amy Huntley, Lori Van Hoesen, Kay Grimnes, Buffy Silverman, Toni Belanger, Charlie Barshaw e Lisa, Joe, Katie e Emily Barshaw.

Um bom **diário** pode ajudar você a sobreviver a uma nova **escola**, um novo **animal de estimação**, um novo esporte e **muito mais!**

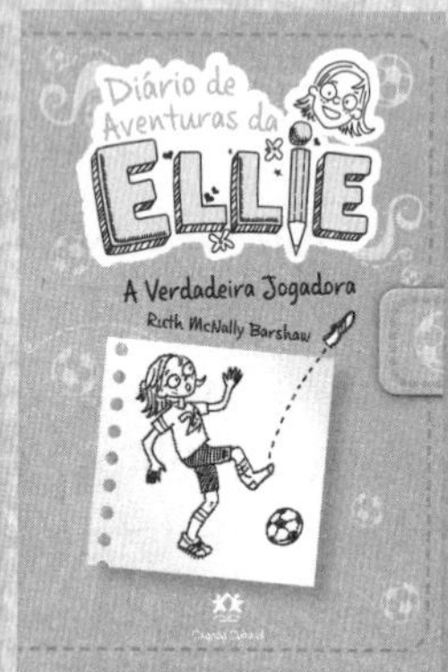

Leia toda a série!

Ciranda Cultural